나의 인문학 필사 노트

이름
_____

휴대폰
_____

소속
_____

존경하는 인물
_____

마음에 남은 한 문장
_____

고정욱의
인문학 필사 수업

표현과 전달하기 02

고정욱의 인문학 필사 수업

고정욱 엮음

애플북스

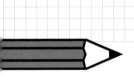

머리말

　간혹 글을 잘 쓰고 싶다며 작가 지망생들이 찾아오곤 한다. 그럴 때면 반가움에 입가에 미소가 스르르 지어진다. 그런데 유명 작가의 글을 필사하고 있다고 하면 갑자기 이마에 내천 자(川)가 새겨지고 만다.

　물론 유명 작가들의 작품은 정제해서 완성시킨 문장이니 따라 쓴다고 나쁠 건 없다. 문학 작품을 열심히 필사하며 문장을 익혀 작가가 되었다는 우직한 이들도 있으니까.

　하지만 필사가 썩 좋은 방법이라고 생각되지는 않는다. 글을 쓰는 건 그것보다 더 방대한 경험과 노력이 백만 배쯤 필요하기 때문이다. 그래서 군이 필사를 권하고 싶지는 않다.

　그런데 요즘 학생들의 글씨나 글의 내용을 보면 좋은 문장을 필사해 볼 필요가 있다는 생각이 든다. 컴퓨터나 스마트폰을 애용하다 보니 글씨를 써 보라고 하면 악필이 난무하니 말이다. 게다가 몇 줄 쓰지도 않고 손목이 아프다든가 손가락이 아프다며 비명을 지르니 할 말이 없다.

　글을 읽고 쓰며 머릿속에 집어넣는 것은 지식 충전에 있어 가장 기본이다. 만일 컴퓨터와 스마트폰에만 의지한다면 어린이나 청소년들의 머릿속에는 단편적인 지식과 검색어들로만 가득 찰 것이다.

이 책은 바로 그런 염려로부터 시작되었다. 이왕이면 좋은 글을 필사해 청소년들의 성장에 밑거름이 되었으면 하는 바람으로 꾸몄다. 선인들의 고민과 혜안이 응집된 명문장과 내 마음을 살찌우는 좋은 글들을 따라 쓰다 보면 그 교훈을 깊이 새기고 가슴으로 익혀 내 삶에 적용할 수 있을 것이다. 그러다 보면 내 삶의 자세가 바뀌고 더 나아가 나를 성장시키는 지름길이 된다.

수많은 명언·명문 가운데 청소년들이 이해하기 쉽고 자기 자신을 다스리며 미래를 향해 꿈과 비전을 갖게 하는 데 도움이 될 만한 글들을 모았다. 길지 않은 짧은 글 위주로 모았으니 하루에 한 장 또는 두 장 정도 필사하기에 어렵지 않을 것이다. 먼저 읽어 보고 정성껏 따라 쓰면서 내용을 곰곰이 되새기다 보면 조금씩 자연스럽게 좋은 문장 표현법도 익힐 수 있을 것이다.

그리고 꼭지마다 인문학적인 지식을 겸비할 수 있도록 중요한 내용을 써두었으니 참고하고, 스스로 깨달음 지수도 체크해 보도록 하자. 조용한 장소를 골라 내용을 곱씹으며 적어 보기 바란다.

2016년 10월 북한산 기슭에서
고정욱

차례

5장

노력

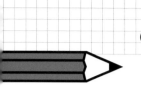

필사 노트 사용법

사람들과 대화를 나누거나 글을 쓸 때 **이 책에 나오는 구절들을 살짝 인용하거나 언급하면 더할 나위 없이 똑똑해 보일 수 있어.** 성인들의 명언과 좋은 말씀들은 우리보다 먼저 삶을 살았던 이들이 우리에게 삶을 예습하라는 뜻에서 남겨 준 것이지.

여기 나오는 글들은 원문을 전부 실은 것도 있지만 발췌한 것도 있어서 글의 제목을 임의로 붙이기도 했어. 그럴듯하게 붙였으니 양해해 주길 바라.
고 박사의 인문학 수업은 글을 이해하는 데 필요한 정보와 설명이니 내용을 이해하는 데 도움이 될 거야.

각 장 끝에 **스스로 생각하고 고민할 거리**를 주었으니 자기 생각을 직접 적어 보면서 생각하는 힘을 기르기 바라. 성인들의 가르침보다 '자기 생각'이 어떤지가 가장 중요한 거니까.

예쁜 글쓰기 훈련이 될 수 있도록 꾸몄으니 최대한 천천히 정성껏 쓰다 보면 마음을 다스릴 수 있을 뿐만 아니라 그 내용을 내 것으로 만들 수 있을 거야. 필체까지 교정되는 건 덤이지.

이 책은 표현과 전달하기 시리즈의 두 번째 책이야. 바른 글씨는 정성을 들여야지만 가능하지. 그렇게 쓴 글은 전달력을 향상시켜 내용을 돋보이게 한다고. 예쁘고 바른 글씨를 쓰는 훈련까지 된다면 더 좋겠지?

1장

성장

인간은 대개 세 차례에 걸쳐 성장하지.

일차가 육체적 성장이야. 가장 먼저 몸이 만들어지고

그 몸으로 평생을 살게 되니까.

이차 성장은 지적 성장이야. 죽을 때까지 공부해야 하고

그 지식을 활용해 삶을 바른 방향으로 이끌도록 하지.

그리고 마지막 삼차 성장이 영적 성장이야.

인간의 존재를 뛰어넘는 우주와 하나 되는

깨달음의 완성이 마지막 영적 성장이라 할 수 있어.

잘못을 지적해 주는 친구(言行錄)

내게 잘못을 지적해 주는 자는 나의 스승이고,
내게 좋은 점만을 이야기해 주는 자는 나의 적이다.

_김성일,《학봉집》

고 박사의 인문학 수업
참된 비판의 소리를 달갑게 여기고 내 것으로 만들려는 자세를 가져야만 나의 발전에
도움이 된다는 의미다. 김성일(金誠一)은 통신부사로 일본에 파견되었다가 일본이 조선
을 침략하지 않을 거라고 잘못 보고해서 전쟁에 대비하지 못하게 한 장본인이다. 훗날
자신의 판단이 잘못되었음을 깨닫고 전쟁이 발발하자 의병을 모아 전투를 지휘하다 병
으로 사망하고 만다.

바르게 써 보자

내게 잘못을 지적해 주는 자는
나의 스승이고,
내게 좋은 점만을 이야기해 주는
자는 나의 적이다.

道吾過者是吾師
도오과자시오사
談吾美者是吾賊
담오미자시오적

기초부터 차근차근

지위가 높아져도 나아갈 때는 단계를 밟아야 한다.
넘어지지 않도록 조심하고 단계를 뛰어넘지 마라.
차근차근 오르면서 넘어지는 것을 두려워하라.

_기준,《덕양유고》

고 박사의 인문학 수업

자신이 뜻한 바를 이루려고 노력할 때는 급작스럽게 이루려 하기보다는 차근차근 단계
를 밟아 성장해야 한다는 의미다. 기준(奇遵)은 복재(服齋) 선생이라 불렸고 덕양(德陽)
은 그의 호다. 평생을 올곧은 선비 정신으로 살다 보니 세상과 타협하지 않고 사화에 휘
말려 이리저리 귀양 다니다가 유배지에서 교살되었다.

位雖懸 進有級 위수현 진유급
愼躓蹶 毋陵躐 신지궐 무릉렵
循循而升 慄慄其崩 순순이승 률률기붕

헛된 욕심을 버리자

까치발을 딛고서는 오래 서 있지 못한다.
큰 걸음으로 걷는 사람은 오래 걷지 못한다.
자신을 드러내려는 사람은 눈에 띄지 않는다.
자기만 옳다고 주장하는 사람은 인정받지 못한다.

_____월 _____일 깨달음 지수 ☆☆☆☆☆

企者不立 기자불립

跨者不行 과자불행

自見者不明 자현자불명

自是者不彰 자시자불창

자신을 자랑하는 사람은 그 공이 무너진다.
자신을 아끼는 사람은 오래갈 수 없다.
이러한 것들은 도(道)에 있어서는 아무짝에도 쓸모없는
것이기 때문에 누구나 싫어한다.
그러므로 도를 깨우친 사람은 그따위 것에
신경 쓰지 않는다.

_노자,《도덕경》

고 박사의 인문학 수업
인간의 속된 욕심을 그대로 설파한 글이다. 내세우고 싶고, 앞서고 싶고, 높이 올라가고
싶은 욕망을 드러낼 때 사람들은 오히려 그러한 자를 멀리한다. 그래서 겸손이 필요하다.
이러한 모든 행위가 도에 어긋나는 것이기 때문이다. 인위적으로 애쓸 필요 없이 자연적
으로 이루어지도록 하라는 노자(老子)의 무위자연(無爲自然)의 가르침을 담고 있다.

自伐者無功 자벌자무공
自矜者不長 자긍자부장
其在道也 曰餘食贅行 기재도야 왈여식췌행
物或惡之 故有道者不處 물혹오지 고유도자불처

집중 또 집중

마음을 잡아 두려면 어떻게 해야 하나?
마음을 집중하여 잃지 않아야 한다.
지극함에 이르려면 어떻게 해야 하나?
하나에 집중하여 흐트러짐이 없어야 한다.

_이현일,《갈암집》

고 박사의 인문학 수업

집중력과 정신 통일의 중요성을 이야기하는 구절이다. 마음을 엉뚱한 곳에 쏟지 않고
오로지 한 가지에만 집중하면 무엇이든 이룰 수 있다. 이현일(李玄逸)은 조선 시대 영
남학파의 거두로 퇴계 이황(李滉)의 학통을 계승한 선비다. 조정에서 그의 능력을 높이
사 벼슬을 여러 번 내렸지만 신념에 어긋나면 바로 사직하였던 꼿꼿한 선비다.

바르게 써 보자

마음을 잡아 두려면 어떻게 해야 하나?

마음을 집중하여 잃지 않아야 한다.

지극함에 이르려면 어떻게 해야 하나?

하나에 집중하여 흐트러짐이 없어야 한다.

操之如何 조지여하
敬而毋失 경이무실
曷致其工 갈치기공
主一無適 주일무적

주기도문

하늘에 계신 우리 아버지여
이름이 거룩히 여김을 받으시오며
나라에 임하옵시며
뜻이 하늘에서 이룬 것 같이
땅에서도 이루어지이다.

오늘날 우리에게 일용할 양식을 주옵시고
우리가 우리에게
죄지은 자를 사하여 준 것 같이
우리 죄를 사하여 주옵시고
우리를 시험에 들게 하지 마옵시고
다만 악에서 구하옵소서
대개 나라와 권세와 영광이
아버지께 영원히 있사옵니다.

아멘

_예수,《성경》

고 박사의 인문학 수업
예수는 인류 역사상 가장 큰 영향을 미친 4대 성인 중 한 분이다. 그의 이 기도는 너무나
도 유명하다. 내용을 살펴보면 결국은 나 자신을 갈고닦아서 남을 용서하고 세상의 속된
먹거리에 눈멀지 않게 해 달라는 자기 성장 고백문이라 할 수 있다.

생각에 대하여 (思箴)

경솔하게 생각하지 마라.
경솔하게 생각하면 망치기 쉽다.
너무 깊이 생각하지도 마라.
생각이 많아지면 의구심이 많아진다.
헤아리고 따져 보니
세 번 정도 생각하는 것이 가장 적당하다.

— 이규보, 《동국이상국집》

고 박사의 인문학 수업

경솔하게 나서는 것도 경계해야 하지만 너무 오래 생각하여 시기를 놓치는 것도 바람직하지 않다. 적당히 생각하고 실천에 옮길 때 가장 합리적인 선택을 할 수 있다. 이규보(李奎報)는 고려 시대 최고의 시인으로 산속에서 한가롭게 살길 원해 백운거사(白雲居士)라는 호를 썼고 시와 술, 거문고를 즐겨 삼혹호(三酷好) 선생임을 자처하였다.

思之勿遽 사지물거

遽則多違 거즉다위

思之勿深 사지물심

深則多疑 심즉다의

商酌折衷 상작절충

三思最宜 삼사최의

세속오계 (世俗五戒)

불교에는 보살계라는 계율이 있다. 열 가지지만 너희들은 신하이거나 자식 된 자들이니 감당하지 못한다. 그래서 세속에서 쓸 수 있는 다섯 가지 계율만 말해 주겠다.

첫 번째, 충성으로 임금을 섬겨라.
둘째, 효도로써 어버이를 섬겨라.
셋째, 벗을 사귀되 신의를 갖고 사귀어라.
넷째, 전쟁에서는 절대 물러나지 마라.
다섯째, 살생할 때는 가려서 하라.

너희들은 이것을 행하되 소홀히 하지 마라.

_원광법사, 《삼국사기》

고 박사의 인문학 수업

대부분의 사람은 속세에 살고 있다. 그들에게 너무 강한 규율과 율법은 그대로 행하기 어렵다. 그래서 원광법사(圓光法師)는 살면서 꼭 지켜야 할 계율을 다섯 가지로 정리했다. 이 다섯 가지 계율을 지키며 살 수만 있다면 정도에서 벗어나지 않는 삶이 될 것이다.

事君以忠 사군이충
事親以孝 사친이효
交友以信 교우이신
臨戰無退 임전무퇴
殺生有擇 살생유택

생각과 마음이
자라는 시간

1. 앞의 글들은 모두 성장에 관해 말하고 있다. 그런데 우리는 의문이
든다. 왜 굳이 성장해야 하는가? 그냥 우리의 삶을 가만히 놔두면 안
되나? 성장을 한다면 언제까지 해야 하나? 성장에 대한 내 생각을 글
로 적어 보자.

2. 학교 공부는 내 성장에 도움을 주나, 해를 주나? 지금 내가 느끼는
솔직한 심정을 글로 적어 보자. 학교가 주는 성장의 의미는 무엇인지
생각해 보자.

3. 학교에서 배우는 것은 약육강식 세상에서 살아남기 위함이라고 주장하는 사람도 있다. 그런 시각에서 보면 성장 역시 내가 강해지기 위함이다. 성장의 궁극적인 목적은 무엇일까?

2장

독서와 배움

인간은 모두 평등한 존재지만 사람마다 품격이 다르지.

그 차이는 바로 독서와 배움이 있었느냐 없었느냐야.

사람이 몸만 자라선 안 되고, 그에 걸맞게

마음이 자라 지식과 지혜를 갖추고

자신만의 특기와 적성을 길러 필살기를 지니고 있어야 해.

그건 끊임없는 독서와 배움을 통해서만 얻을 수 있지.

그래서 옛말에도 아랫사람에게 물어보고 배우는 건

수치스러운 일이 아니라고 했어.

학문을 권하다 (勸學文)

가난한 사람은 책으로 부유해질 수 있고
부유한 사람은 책으로 고귀해질 수 있다.
어리석은 사람은 책으로 어질게 되고
어진 사람은 책으로 인해 이롭게 된다.
책 때문에 영화(榮華)를 얻는 것은 보았으나
책을 읽어서 실패하는 것은 보지 못했다.

_왕안석,《고문진보》

 고 박사의 인문학 수업
책을 읽는 것은 누구에게나 도움이 된다는 의미다. 가난한 자는 책을 읽음으로써 부자가
될 수 있는 정보와 기회를 얻을 수 있고, 부유한 자는 책을 읽음으로써 좀 더 고귀한 경지
에 오를 수 있다. 책은 곧 배움으로 들어가는 길이요 안내판이기 때문이다. 왕안석(王安
石)은 당송팔대가 중 한 사람으로 학문을 권하는 글을 남겼으니 그게 바로 권학문이다.

貧者因書富 富者因書貴 빈자인서부 부자인서귀
愚者得書賢 賢者因書利 우자득서현 현자인서이
只見讀書榮 不見讀書墜 지견독서영 불견독서추

어느 젊은 문학도에게 주는 글

바라건대 자네는 글 써서 학문하겠다는 생각은 접고 빨리 집으로
가서 어머니를 받들어 효도하고 우애를 돈독히 하게.
그러고는 경전 공부를 열심히 해야 하네.
성현들의 말씀에 항상 관심을 두고 잊지 않도록 하며 겸해서
과거 공부를 해 임금을 섬기는
쓸모 있는 인간이 되도록 하게나.

_____월 _____일 깨달음 지수 ☆☆☆☆☆

그리하여 후세에 이름을 남기게나. 부디 그 하찮은 호기심으로

경솔하게 자기의 귀중한 몸을 망치지 말게.

정말 자네가 고치지 않는다면 이는 마작을 하거나 투전하면서

세월을 보내는 노름꾼만도 못할 걸세.

_정약용, 《여유당전서》

고 박사의 인문학 수업

제대로 된 공부가 아니라 글재주만 익히겠다고 찾아온 한 젊은 선비에게 한 권고의 글
이다. 글을 써서 이름을 알리려는 사람은 요즘에도 많다. 그들에게 정도를 걸으라는 경
고기도 하다. 다산 정약용(丁若鏞)의 저술은 무려 500여 권에 이른다. 제자들이 다산의
구술을 기록하거나 분야별로 주제와 관심사를 잘 정리한 덕분에 후세에 방대한 분량의
자료들을 남길 수 있었다.

덕을 밝히다(明德)

옛날에 밝은 덕을 온 세상에 밝히려고 하는 자는 다음 순서
대로 해야 한다고 했다.
우선 그 나라를 다스려야 한다.
나라를 다스리려고 하는 자는 먼저 집안을 바로 잡아야 하고
집안을 바로잡고자 하는 자는 자신의 몸을 닦아야 한다.

그리고 몸을 닦고자 하는 자는 우선 마음을 바로잡아야 하며
마음을 바로잡고자 하는 자는 뜻을 성실하게 해야 한다.
또한 뜻을 성실하게 한 자는 먼저 그 앎을 투철히 해야 한다.
앎을 투철히 한다는 것은 사물의 본질을 연구하고 밝히는 것
이다.

_맹자

 고 박사의 인문학 수업
유교에서 가장 중시하는 덕(德)과 도(道)의 기본에 대해 말하고 있다. 결국, 역순으로 따
지면 사물의 본질을 제대로 이해하고 꿰뚫어 봄으로써 그 지식과 지혜로 몸을 바르게
한 뒤 집안을 바로잡아야 나라를 다스릴 수 있다는 것이다. 오늘날 정치인의 행태를 보
면 이를 제대로 실천하지 못해 얼마나 많은 굴욕과 치욕을 겪는지 알 수 있다.

배움에 나이는 숫자일 뿐(老學箴)

어려서 배우는 것은 해가 막 떠오르는 것과 같고,

젊어서 배우는 것은 해가 중천에 떠 있는 것과 같고,

늙어서 배우는 것은 밤에 촛불을 든 것과 같다.

해와 촛불이 다르다지만 밝기는 마찬가지고,

밝기는 마찬가지라지만 그 맛은 더욱 값지다.

_정호,《장암집》

 고 박사의 인문학 수업

배움의 중요성을 뜻하는 글이다. 인간은 죽는 날까지 배워야 하며 배움이 늦었다고 부
끄러워할 필요가 없다는 것을 촛불에 비유했다. 정호(鄭澔)는 우암 송시열(宋時烈)의
제자로 1684년 문과에 급제한 뒤 도승지, 대사헌, 좌의정을 거쳐 영의정에 올랐다. 이
글은 그의 나이 예순세 살에 함경도 유배지에서 쓴 글이다.

幼而學之 如日初昇 유이학지 여일초승
壯而學之 如日中天 장이학지 여일중천
老而學之 如夜秉燭 노이학지 여야병촉
以燭照夜 無暗不明 이촉조야 무암불명
燭之不已 可以繼暘 촉지불이 가이계양

군자의 도(君子之道)

자신이 무능하다고 병으로 여기지 않고
남들이 자신을 알아주지 않는다고 속상해하지 않는다.
자신의 지식이 깊지 않음을 근심하고
남이 자신을 알아주지 않음을 근심하지 않는다.

그 학문은 날로 높아지고 그 행동하는 기준은
자신에게서 찾는다.
천명을 두려워하고 사람들을 두려워하며
성인의 말씀을 두려워한다.
의리를 지키기에 가난함을 이겨낼 수 있고 마음이 조용하고
느긋하기에 진지하고 정색하며 다투지 않는다.

其病則病無能焉 不病人之不己知
기병칙병무능언 불병인지불기지
其患則患不知人 不患人之不己知
기환칙환불지인 불환인지불기지

其學也上達 其行也求己
기학야상달 기행야구기
其畏也畏天命 畏大人 畏聖人之言
기외야외천명 외대인 외성인지언
喩於義 故能固窮 坦蕩蕩 故矜而不爭
유어의 고능고궁 탄탕탕 고긍이불쟁

많은 사람과 화합하고 무리 지어 다니지 않으며
공평할 뿐만 아니라 어느 한쪽으로 쏠리지 않는다.
화합하되 그들과 같지 않고 편안하며 교만하지 않는다.
그 인격은 은은하되 매일매일 빛이 나며 그 능력은 작은 일
에는 별로 쓸 만하지 않지만 큰일에는 능력을 발휘한다.

_김시습, 《매월당집》

고 박사의 인문학 수업
김시습(金時習)이 세상을 등지고 세상의 수많은 소인 잡배들을 일깨우고자 쓴 글이다.
세종대왕은 김시습이 다섯 살 때 이미 시를 자유자재로 짓는 것을 보고 칭찬하고 비단
을 선물로 주며 가져가라고 했다. 어린 김시습은 이 비단 다섯 필을 끝과 끝을 이어서
허리에 묶어 줄줄 끌고 가져갔다는 이야기가 전해 내려온다.

群而不黨 周而不比 和而不同 泰而不驕
군이불당 주이불비 화이불동 태이불교
其道闇然而日章 其才不可小知而可大受也
기도암연이일장 기재불가소지이가대수야

크게 의심하라 (渼上記聞)

크게 의심하지 않는 자는 큰 깨달음을 얻을 수 없다.
의심한 채 말을 얼버무리기보다는 자세하게 묻고
분별하는 것이 좋다.
얼굴색을 살피고 구차하게 비위를 맞추는 것보다는
차라리 할 말을 하고 함께 돌아가는 것이 낫다.

— 홍대용, 《담헌서》

고 박사의 인문학 수업

속내를 드러내지 않고 마음을 숨기면 진정한 깨달음이나 배움을 얻을 수 없다. 궁금한
것이 있을 때는 허심탄회하게 이야기해야 배움을 나의 것으로 만들 수 있다는 뜻이다.
조선 후기 최고의 사회학자이자 과학자였던 홍대용(洪大容)은 이러한 깨달음을 통하여
혁신적인 개혁 사상을 제창하였고, 나아가 민족의 주체성을 강조하였다.

無大疑者無大覺
무대의자무대각
與其蓄疑而含糊 何如審問而求辨
여기축의이함호 하여심문이구변
與其面從而苟合 無寧盡言而同歸乎
여기면종이구합 무녕진언이동귀호

학문

반대하거나 반론을 제기하기 위하여 책을 읽지 마라. 혹은 믿거나 받아들이기 위해서 책을 읽으려 하지 마라. 대화나 토론의 밑천으로 삼으려 해서도 안 된다. 다만 살피고 고찰하기 위해 책을 읽어야 한다.

어떤 책은 그 맛을 봐야 한다. 어떤 책은 그 내용을 삼켜야 한다. 또 어떤 책은 씹어서 소화시켜야 한다. 다시 말해 어떤 책은 세밀하게 정독할 필요가 없고, 어떤 책은 주의해서 처음부터 끝까지 다 읽어야 한다.

어떤 책은 남에게 대신 읽으라고 시킬 수도 있고 다른 사람이 요약해 놓은 걸 읽어도 무방하다. 그러나 그것은 어디까지나 대수롭지 않은 내용, 저급한 부류의 책에 대해서만이다. 그 밖의 경우 개요만 추출한 책은 마치 증류수나 마찬가지라 무미건조하다.

독서는 충실한 인간을 만들고, 대화는 재치 있는 사람을 만들고, 글쓰기는 정확한 사람을 만든다.

그러므로 글을 적게 쓰는 사람은 기억력이 좋아야 하고, 대화를 별로 않는 사람은 임기응변의 재치가 있어야 하고, 독서를 적게 하는 사람은 모르는 것도 아는 것처럼 보일만 한 간교한 꾀가 있어야 한다.

_프랜시스 베이컨,《학문의 진보》

고 박사의 인문학 수업

책을 왜 읽어야 하느냐는 질문에 대한 답이다. 책의 다양성을 깨달아 가려 읽으라는 교훈이 담겨 있다. 베이컨(Francis Bacon)은 영국의 철학자이자 정치가로 모든 지식을 두루 통달하여 자연을 정당하게 지배할 수 있는 새로운 방식을 내세운 것으로 유명하다. 그는 인간의 정신은 자연으로부터 지식을 얻는 데 적합하며 이 지식을 추상적 추론이 아니라 관찰에서 이끌어 내야 한다고 믿었다.

생각과 마음이
자라는 시간

1. 세종대왕, 나폴레옹 등 성공한 위인들은 책을 손에서 놓지 않았다.
성공과 독서는 무슨 상관 관계가 있는지 내 생각을 적어 보자.

2. 과거의 공부 방식은 지식을 암기하는 것 위주였다. 그렇다면 오늘
날의 공부는 어떤 방식을 중시하고 있는지 알아보자.

3. 배움과 독서에 있어 수천 년간 종이책이 그 역할을 감당해 왔지만 오늘날엔 그것이 무너지고 있다. 배움과 독서가 가능한 것에는 어떤 것이 있는지 알아보고 종이책과 다른 점, 장단점 등을 적어 보자.

3장

만족과 행복

인간은 만족을 모르는 동물이야.

항상 남과 비교하다 보니 나보다 나은 사람을 보면

시기하고 질투하기 마련이지. 이미 충분히 많을 것을 가졌어도

더 많은 욕심으로 스스로를 불행하다고 생각하거든.

행복은 만족에서 오는 거야.

이상은 보다 멀리 높은 곳에 두고 있더라도

삶은 항상 낮은 곳을 보면서 만족하고 감사할 줄 알아야 한다고.

만족은 내가 느끼는 것이니까.

만족을 느낀다는 건 곧 행복을 찾는다는 의미야.

이 사실을 잊지 마.

청산리 벽계수야

청산리 벽계수야 쉽게 흘러감을 자랑 마라.

한번 푸른 바다에 나가면 다시 오기 어려우니

밝은 달빛 빈 산에 가득하니 잠시 쉬었다 간들 어떠리.

_황진이,《청구영언》

고 박사의 인문학 수업

임금의 종친인 벽계수라는 이가 하도 근엄하여 여자를 가까이하지 않을 뿐만 아니라
황진이(黃眞伊)의 미모에 넘어가지 않는다고 호언장담하였다고 한다. 이 이야기를 들은
황진이가 벽계수를 유인하여 그의 앞에서 이 노래를 부르자 벽계수가 황진이에게 넘어
가고 말았다고 한다. 비유와 상징을 통해 인생의 덧없음을 노래한 명작이다.

바르게 써 보자

청산리 벽계수야
쉽게 흘러감을 자랑 마라.

한번 푸른 바다에 나가면
다시 오기 어려우니

밝은 달빛 빈 산에 가득하니
잠시 쉬었다 간들 어떠리.

青山裡碧溪水 莫誇易移去
청산리벽계수 막과이이거
一到滄海不復還
일도창해부복환
明月滿空山 暫休且去若何
명월만공산 잠휴저거약하

인생의 목적

일반적으로 개인의 행복을 버리는 것은 사람다운 행위라고 한다. 그러나 개인의 행복을 버리는 것은 결코 아무런 이득이 되지 않을 뿐 아니라 공적도 쌓을 수 없다. 인간 생활에 없어서는 안 될 조건에 불과한 것이다. 사람은 온 세상에서 독립된 개인으로서의 자기를 인식하는 동시에, 온 세상으로부터 독립되어 있다는 개인의 존재를 인식하여 그 상호관계와 행복의 공통성과 참다운 행복은 지적 의식에 의해서만 채워지는 것이란 것을 알기에 이른다.

동물의 경우에는 개체적 행복을 목적으로 하지 않는 활동은 생활을 파멸로 이끈다. 그러나 인간은 그와는 아주 정반대다. 개인적 행복을 유일한 목적으로 하는 활동은 그의 생활을 마침내 파멸에 이르게 하고 말 것이다. 지적 의식이 없는 동물에게는 개체적 행복과 종족 보존이 생활의 최고 목적이나, 사람에게 있어 개체성이란 다만 참 행복에의 계단일 따름이다.

개체성의 인식은 인생 그 자체가 아니다. 그러나 여기서부터 최고의 행복을 향하여 나아가는 노력이 시작된다.

_레프 톨스토이,《살아갈 날들을 위한 공부》

고 박사의 인문학 수업

인간은 남을 위해 희생하고 봉사함으로써 만족을 느끼며 행복해한다. 그래서 톨스토이(Lev Tolstoy)는 이기적인 행동, 자신만 생각하는 삶이 아니라 거기에서 더 나아가야 한다고 주장했다. 톨스토이는 귀족이었지만 항상 기독교적 사랑을 실천하려 애썼다. 자신의 재산을 농노들에게 나눠 주고, 책의 저작권조차도 포기하는 삶을 산 톨스토이의 인생론이 잘 담긴 글이다.

소요하는 즐거움(雜興)

백 살도 못 사는 인생 바람 앞의 촛불일세.

부귀를 탐하지만 만족한 줄 모르네.

신선 되기는 이미 글렀고 세상사는 변화무쌍이라.

잔 들고 노래 부르며 멍하니 누워 대들보나 올려 본다.

_최유청,《동문선》

고 박사의 인문학 수업

고려시대 문신 최유청(崔惟淸)이 술과 노래로 욕심 많은 인간의 삶을 한탄한 글이다.
삶이 부질없음을 안다면 그 부질없는 삶에서 헛된 욕망에 빠지지 말 것을 이야기하고
있다. 의학의 발달로 인간은 이제 100세 시대를 살게 되었다. 오래 사는 게 재앙이라는
말까지 나오고 있다. 기술의 발달은 이렇듯 사람의 생각과 가치, 삶의 방향까지도 바꾸
어 놓는다.

人生百歲間 忽忽如風燭 인생백세간 홀홀여풍촉
且問富貴心 誰肯死前足 차문부귀심 수긍사전족
仙夫不可期 世道多翻覆 선부불가기 세도다번복
聊傾北海酒 浩歌仰看屋 료경북해주 호가앙간옥

평범함은 위대하다

작은 흙덩어리 하나도 거부하지 않았기에 태산은 크게 되었다.
가느다란 물줄기도 거부하지 않았기에 황하와 바다는 깊어질 수
있었다.

공명을 즐겨 마라. 영욕이 반이로다.

부귀를 탐하지 마라. 위기를 밟느니라.
우리의 일신이 한가하니 두려운 일 없어라.

_사마천, 《사기》

 고 박사의 인문학 수업
부귀와 공명을 탐하지 않으니 홀가분하고 편안하다는 내용이다. 출세하여 이름을 세상
에 널리 알리는 것이야말로 옛날 과거를 준비하던 선비들의 꿈이었다. 하지만 부귀영화
를 누리기 위해 인간이 들이는 노력을 생각하면 욕심 없이 사는 것이 가장 좋은 것임을
알 수 있다.

소나무 아래에서

푸르른 계곡 언덕에 집이 있으니
저녁 무렵 시냇가에서 불어오는 세찬 바람
우거진 숲엔 사람 하나 보이지 않고
논 한 가운데에 서 있는 백로 그림자

때론 저녁노을 비친 속
홀로 푸른 산모퉁이를 걷고 있자면
목 터져라 울어대는 쓰르라미 소리
숲 너머 흩어지는 물소리 맑아

家近碧溪頭 日夕溪風急 가근벽계두 일석계풍급
脩林不達人 水田鷺影立 수림부달인 수전노영립

時向返照中 獨行靑山外 시향반조중 독행청산외
鳴蟬晩無數 隔林飛淸籟 명선만무수 격림비청뢰

소나무 등걸에 앉아 글을 읽으면
책장 위에 떨어지는 솔방울 하나
돌아가려 막대 짚고 일어서자면
고갯마루엔 반나마 구름이 희다

_이서구,《강산초집》

고 박사의 인문학 수업

글을 읽으며 자연과 친구가 되어 자신을 수양하는 선비의 기개를 그린 시다. 사시사철
변하지 않는 소나무 아래에서 변함없이 자신이 뜻하는 선비의 길을 추구하고 있음을
알 수 있다. 이서구(李書九)는 조선 후기 실학자인 박제가(朴齊家)·이덕무(李德懋)·
유득공(柳得恭)과 함께 한시 4대가로 알려진 명문장가다.

讀書松根下 卷中松子落 독서송근하 권중송자락

支筇欲歸去 半嶺雲氣白 지공욕귀거 반령운기백

사공의 한탄(篙工歎)

이 몸은 원래 약초 캐는 늙은이.

어쩌다 보니 강으로 와 사공이 되었네.

서풍이 불어 서쪽 뱃길을 끊어 놓으니

동으로 가려 하나 동풍을 만났네.

바람이 일부러 나를 괴롭히는 것인가.

내가 스스로 바람을 따르지 않는 것인가.

아아, 바람이 잘못되었으니 내가 옳으니 따진들 무엇 하리.

돌아가 산속에서 약초나 캐려네.

_정약용, 《다산시선》

 고 박사의 인문학 수업

본성을 어기고 엉뚱한 일에 집착하면 모진 방해를 받는다는 것을 비유적으로 드러낸
시다. 세상이 나를 받아 주지 않아도 나의 본래 모습으로 돌아가야 한다고 노래하고 있
다. 당파 싸움이 한창인 때 정약용은 어느 당파에도 속해 있지 않아 오히려 여러 차례
유배 생활을 하게 되었다. 그럼에도 신하 된 본분을 잊지 말아야 함을 약초 캐는 늙은이
에 빗대어 표현하고 있다.

我本山中採藥翁 아본산중채약옹
偶來江上爲篙工 우래강상위고공
西風吹斷西江路 서풍취단서강로
却向東江遇東風 각향동강우동풍
豈其風吹故違我 기기풍취고위아
我自不與風西東 아자불여풍서동
已焉哉莫問風非與我是 이언재막문풍비여아시
不如採藥還山中 불여채약환산중

만족

사람들은 자기가 행복해지는 것보다 남들에게 행복하게 보이려 더 애쓴다.
남들에게 행복하게 보이려 애쓰지만 않는다면 자신에게 만족하는 것은 그리 힘든 일이 아니다.
남들에게 행복하게 보이려는 허영심 때문에 자기 앞에 있는 진짜 행복을 놓치는 수가 있다.

_프랑수아 드 라 로슈푸코, 《잠언집》

고 박사의 인문학 수업
남의 시선을 의식하기 시작하면 자신의 삶에 만족할 수 없다. 자존감을 높이고 내가 가장 멋지고 내 삶이 최고의 삶이라는 걸 절대 잊지 말아야 한다. 라 로슈푸코(François de La Rochefoucauld)는 프랑스의 고전 작가로 수많은 명언을 남겼다. 귀족으로 태어나 수많은 전쟁을 거치면서 죽음과 직면했던 경험이 그의 통찰력 있는 잠언에 도움을 준 듯하다.

생각과 마음이
자라는 시간

1. 오늘날 청소년들이 가장 만족하며 행복해하는 일은 무엇인지 적어 보자. 그리고 그것이 왜 만족과 행복을 주는지 생각해 보고 선인들의 만족과 행복과는 어떻게 다른지, 왜 다른지 적어 보자.

2. 누구나 인생의 목표가 있다. 나는 무슨 목표가 있는지 적어 보자. 없다면 왜 없는지 적어 보자. 목표가 있는 삶과 없는 삶의 차이를 비교해 보자.

3. 선인들은 삶의 경지에 오른 달관의 목소리로 행복을 이야기한다. 나의 삶에서 선인들의 경지가 필요한 때는 언제인지 생각해 보자.

자기
관리

출세한 사람들이 가끔 말도 안 되는 행동을 하다
들통나 망신당하는 걸 보곤 하지.
부정부패에 엮이거나 개인적인 추문이 알려져
패가망신을 하게 되는 거야. 억울하다고 항변하거나
자신은 관련 없다고 주장하지만
그건 모두 자기 관리를 제대로 하지 않았기 때문이라고.
리더십은 남을 지도하고 통솔하는 것만을 뜻하는 게 아니야.
진정한 리더십은 우선 자기 자신부터 잘 다스리는 거야.

효도의 근본

신체나 머리카락이나 피부는 모두 부모로부터 받은 것이다.
이 귀중한 몸을 다치거나 상하게 하지 않는 것이
효도의 시작이다.
입신하여 도를 행하고 후세에 이름을 알림으로써
부모의 덕을 기리는 것이 효도의 끝이다.

_공자,《명심보감》

고 박사의 인문학 수업
공자(孔子)는 그의 제자 증심(曾參)과의 문답을 통해 사람의 행위 가운데 효보다 큰 것
이 없고, 어버이를 공경하는 것은 사람 된 도리라 일컬었다. 모든 덕행의 근본은 자기를
소중히 여기는 것으로부터 시작된다. 자신을 사랑하고 자신을 아끼지 않는 자가 어떻게
남을 아끼며 사랑할 수 있겠는가?

身體髮膚 受之父母 신체발부 수지부모
不敢毀傷 孝之始也 불감훼상 효지시야
立身行道 揚名於後世 입신행도 양명어후세
以顯父母 孝之終也 이현부모 효지종야

13조의 덕목

나쁜 습관은 모조리 타파하고 좋은 습관은 새로 터득해야 한다.

1조 절제-너무 배불리 먹지 말고, 취하도록 술을 마시지 마라.

2조 침묵-자신에게나 남에게 쓸데없는 말을 하지 마라.

3조 규율-물건은 제자리에 두고, 일은 시간을 정해서 하라.

4조 결단-해야 할 일은 결심하고, 결심했다면 반드시 실천하라.

5조 절약-자신이나 남에게 이롭지 않은 곳에 돈을 낭비하지 마라.

6조 근면-시간을 허비하지 마라. 언제나 유익한 곳에 사용하라.

7조 성실-거짓으로 남에게 해를 끼치지 마라. 못된 생각을 버리고 공정한 마음을 가져라.

8조 정의-남의 이익을 침해하거나 줄 것을 주지 않아서 손해를 끼치지 마라.

9조 중용-극단을 피하라. 다소 부당하게 대접받더라도 지나치게 흥분하지 마라.

10조 청결-몸이나 주위 환경을 항상 *깨끗*이 해라.

11조 평정-일상생활에서 부득이한 일이 생겼을 때 *평정*을 잃지
　　　마라.

12조 순결-남녀의 사랑은 *건강과 자손*을 위한 것이니 머리가

　　　나빠지고 몸이 허약한 지경에 이르러선 안 된다.

13조 겸양-항상 *겸손*하고 성인들을 본받아야 한다.

_벤저민 프랭클린,《프랭클린 자서전》

고 박사의 인문학 수업
덕을 잊지 않고 실천하려면 올바른 생활습관을 적어 가까운 곳에 붙여 놓고 매일 습관
적으로 보면서 자신의 각오를 다져야 한다. 프랭클린(Benjamin Franklin)은 호기심과 도
전 정신이 가득해 무엇이든 자기 것으로 만들었다. 그런 그의 삶은 바로 이런 자기 관리
에서 비롯된 것이다.

봉래산가 (蓬萊山歌)

이 몸이 죽어 가서 무엇이 될고 하니

봉래산 제일봉에 낙락장송 되었다가

백설이 만건곤(滿乾坤)할 제 독야청청하리라.

_성삼문,《청구영언》

고 박사의 인문학 수업

성삼문(成三問)이 수양대군에 의해 폐위된 단종의 복위를 꾀하다 뜻을 이루지 못한 채
형장에서 죽으면서 남긴 시다. 죽더라도 아닌 것을 아니라고 말할 수 있는 선비의 꼿꼿
한 기질을 엿볼 수 있다. 세상을 굽어보는 푸른 소나무의 높은 지조로 살아가겠다는 작
자의 굳은 의지가 돋보인다.

바르게 써 보자

이 몸이 죽어 가서
무엇이 될고 하니

봉래산 제일봉에
낙락장송 되었다가

백설이 만건곤할 제
독야청청하리라.

서시

죽는 날까지 하늘을 우러러
한 점 부끄러움 없기를,
잎새에 이는 바람에도
나는 괴로워했다.
별을 노래하는 마음으로
모든 죽어가는 것을 사랑해야지.
그리고 나한테 주어진 길을
걸어가야겠다.

오늘 밤에도 별이 바람에 스치운다.

_윤동주,《하늘과 바람과 별과 시》

 고 박사의 인문학 수업
윤동주(尹東柱)는 해방을 얼마 앞두지 않은 1945년 2월 일본 쿠슈 후쿠오카 형무소에서
급사했다. 그의 사망에는 마루타로 유명한 일본 731부대가 개입되었다. 그들의 생체 실
험 때문에 민족 저항 시인 윤동주는 사망한 것이다. 하늘을 우러러 한 점 부끄럼 없길
바란 시인의 꿈조차 일제 시대에는 허용될 수 없었던 것이다.

둥근 달(望月)

둥글지 않을 땐 더딘 게 한이더니
둥근 뒤에는 어찌 쉽게 기우는가.
서른 밤 중 둥근 날은 단 하루뿐이니
평생 뜻한 일도 모두 이와 같으리.

_송익필,《구봉집》

고 박사의 인문학 수업
달이 차고 기우는 것에 비유해 인간의 삶을 노래했다. 삶의 절정은 결국 짧은 순간이고
나머지는 오래도록 절정을 향하거나 내려오는 일뿐임을 알면 헛된 욕심에서 벗어날 수
있다. 성리학을 깊이 연구한 송익필(宋翼弼)은 이이(李珥), 성혼(成渾), 정철(鄭澈) 등과
절친한 벗으로 서인의 이론가이자 예학, 성리학, 경학에 능한 학자였다.

바르게 써 보자

둥글지 않을 땐 더딘 게 한이더니

둥근 뒤에는 어찌 쉽게 기우는가.

서른 밤 중 둥근 날은 단 하루뿐이니

평생 뜻한 일도 모두 이와 같으리.

未圓常恨就圓遲 미원상한취원지
圓後如何易就虧 원후여하역취휴
三十夜中圓一夜 삼십야중원일야
世間萬事摠如斯 세간만사총여사

부끄러움에 대하여 (拙齋記)

졸은 교묘한 것의 반대다.

임기응변에 능하고 교묘한 짓을 잘하는 사람은

부끄러워하는 법이 없다.

부끄러움이 없다는 것은 정말 큰 문제다.

사람들은 이로움이나 욕심을 얻으려고 하지만

자신의 부끄러움을 알고 의리를 지키는 것이 졸이다.

拙巧之反 졸교지반
爲機變之巧者 위기변지교자
無所用恥 무소용치
無恥者人之大患 무치자인지대환
人嗜於利而求進 인기어이이구진
我則知恥 而守其義者拙也 아칙지치 이수기의자졸야

다른 사람들이 속이는 걸 좋아하고 간사한 짓을 하더라도
자신은 부끄러움을 알아 진실을 지키려고 애쓰는 것이 좋다.
그렇기에 졸이라는 것은 다른 사람이 버린 것을
내가 취하는 것이라 하겠다.

_권근,《졸재기》

고 박사의 인문학 수업
염치없다는 말의 정확한 뜻은 체면을 생각하거나 부끄러움을 아는 마음이 없다는 뜻이
다. 어른들이 염치 좀 있으라는 말은 바로 이것을 뜻한다. 권근(權近)은 이성계의 새 왕
조 창업에 중심 역할을 했으며, 개국 후 각종 제도 정비에 힘쓴 문인이다. 의로움과 정
의는 외롭고 남들이 다 멀리한다. 그럼에도 굴하지 않고 자신을 겸양할 줄 아는 것이 선
비의 올바른 태도임을 설파한 글이다.

人喜於詐而爲巧 인희어사이위교
我則知恥而守其眞者 亦拙也 아칙지치이수기진자 역졸야
拙乎人棄而我取之者也 졸호인기이아취지자야

스스로 경계하라(自警箴)

아는 사람 없다 하지 마라. 귀신이 여기 있다.

듣는 사람 없다 하지 마라. 담벼락에도 귀가 있다.

짧은 순간의 분노가 평생의 허물이 된다.

머리카락만한 이익이 평생 누가 된다.

남의 일에 간섭하면 다툼만 일어난다.

내 마음이 평안하면 아무 일도 없느니라.

_권필, 《석주집》

고 박사의 인문학 수업

사방에 눈이 있는 것처럼 조심하고 행동한다면 분란이 일어나지 않고 내 마음에 평안을 얻는다는 깊은 깨달음을 주는 글이다. 권필(權韠)은 타고난 성품이 자유분방하고 구속받기 싫어하여 벼슬을 하지 않은 채 야인으로 살았다고 한다. 강화에서 술로 낙을 삼으며 많은 유생을 가르쳤다. 하지만 광해군을 풍자하는 시를 썼다 적발되어 귀양 가다 죽고 말았다.

勿謂無知 神鬼在玆 물위무지 신귀재자
勿謂無聞 耳屬于垣 물위무문 이속우원
一朝之忿 平生成釁 일조지분 평생성흔
一毫之利 平生爲累 일호지리 평생위루
與物相干 徒起爭端 여물상간 도기쟁단
平吾心地 自然無事 평오심지 자연무사

사람의 폐단

사람들이 말을 함부로 하는 것은
질책을 받아 본 적이 없기 때문이다.
사람의 가장 큰 폐단은
남의 스승 되는 것을 즐긴다는 데 있다.

— 맹자

고 박사의 인문학 수업

한참 배워야 할 사람이 누군가를 가르친다고 으스대며 나서는 경우가 있다. 사람의 폐단은 다른 사람 앞에 나서서 아는 체하기 좋아하고 가르쳐 주려 하는 데 있다. 어쭙잖게 잘난 체하며 세상을 흐리게 해서는 안 됨을 맹자(孟子) 역시 경계하였다.

떳떳함에 대하여(居鄕章)

생각지 못한 비난을 받아도 걱정할 필요 없고
과분하게 칭찬을 받아도 기뻐할 필요 없다.
내가 비판받을 만한 행동을 했다면 반성하고 고쳐야 하고
내가 잘못한 것이 없으면 그들의 비방을 따져 무엇하겠는가.

不虞之毀不足恤 불우지훼부족휼
過實之譽不足喜 과실지예부족희
我有可毀之行 則反省改之 아유가훼지행 칙반성개지
而我本無過 則彼之虛謗 이아본무과 칙피지허방

내가 칭찬받을 만한 행동을 했다면 남들이 칭찬하는 건 당연하다.
그러나 내가 착한 일을 하지 않았다면 남들이 칭찬해도 부끄럽다.
사람이 행실을 닦는 데 비난하거나 칭찬한다고
흔들릴 필요가 없다.

_윤형로,《계구암집》

고 박사의 인문학 수업
이 글은 조선 후기 학자 윤형로(尹衡老)가 지은 가훈이다. 칭찬받기를 좋아하고 비난받기를 싫어하는 것은 인지상정이다. 하지만 나의 길을 가고 나를 수련하는 데 있어 주위의 평가나 평판은 아무 의미가 없다. 세간의 평가나 평판은 자신의 이익에 따라 이루어지기 때문이다.

何足較哉 我有可譽之善 하족교재 아유가예지선
則彼言當矣 而我本無善 칙피언당의 이아본무선
則人之虛譽 反爲羞恥 칙인지허예 반위수치

먼저 생각하고 말하라

옛날에 성인들은 먼저 생각을 하고 말을 했다는 것을 알 수 있다.
생각해야 할 것은 생각하고 생각할 필요가 없는 것은 하지 않았다.
마땅히 말할 것은 하고 그럴 필요 없는 것은 말할 필요가 없다.
생각하고 말하는 가장 간단한 것으로써 천하의
번잡한 것을 다 제어할 수 있다.

가장 쉬운 것으로 가장 어려운 것을 제어할 수 있다면 간단하고
쉬운 것만 해도 천하의 할 일을 다 하는 것이다.
왜 그런가 하면 마음의 작은 것 하나가 원리이기
때문이다.

_김택영,《유학경위서》

고 박사의 인문학 수업
복잡한 일도 원리를 찾아내 이해하면 간단한 것임을 알 수 있다. 결국 쓸데없는 말을 하
고 잡다한 생각을 퍼뜨려 인간 사회가 복잡해지니 삼가라는 의미다. 김택영(金澤榮)은
일제의 침략에 의분을 금할 수 없어 중국으로 망명한 선비다. 한마디로 우리 최초의 난
민인 셈이다. 그는 중국 통주에 살면서 문학과 한문 연구로 여생을 보냈다.

말과 행동을 삼가하라(愼獨箴)

어두운 방 안에는 침묵만이 고여 있다.
사람들이 보지 못해도 신(神)이 너와 같이 있다.
게으른 너의 몸을 경계하고 나쁜 마음을 먹지 마라.
처음에 막지 못하면 이것이 하늘에까지 이른다.

有幽其室 有默其處 유유기실 유묵기처
人莫聞睹 神其臨汝 인막문도 신기림여
警爾惰體 遏爾邪思 경이타체 알이사사
濫觴不壅 滔天自是 남상부옹 도천자시

머리 위로 둥근 하늘을 이고 발아래로는

모난 땅을 디디고 있으니

나를 모른다 말하면서 누구를 속이겠는가.

이것이 사람과 짐승의 다른 점이며 행복과 불행의 씨앗이니

저 어두운 방구석을 나는 스승으로 여기겠다.

_장유,《계곡집》

 고 박사의 인문학 수업

조선 중기의 학자 장유(張維)가 지은 글로 선비는 홀로 있을 때 도리에 어긋나지 않고
삼가야 한다고 하였다. 누가 보지 않아도 스스로 올바르게 행동하는 마음 자세, 이것이
자기 수양의 가장 기본이라 할 수 있다.

仰戴圓穹 俯履方輿 앙대원궁 부리방여
謂莫我知 將誰欺乎 위막아지 장수기호
人獸之分 吉凶之幾 인수지분 길흉지기
屋漏在彼 吾以爲師 옥누재피 오이위사

선비가 가야 할 길 (儒敎辨)

맹자가 이르기를 곤궁하면 홀로 몸을 선하게 하고 통달하면 천하를 아울러서 선하게 하라 했다.

흔히 선비가 세상에 나갈 때는 몸을 닦고 말을 세워서 먼저 깨달음을 가지고 뒤늦게 깨닫는다.

이것이 바로 가난함을 이겨내는 도리다.

몸을 세우고 도를 행하여 백성에게 혜택을 주는 것은 스스로 지위를 얻은 다음에 할 일이니 유교의 방법은 이와 같을 뿐이다.

_장지연, 〈유교변〉

고 박사의 인문학 수업

장지연(張志淵)은 1905년 을사늑약이 강제로 체결되자 《황성신문》에 〈시일야방성대곡 (是日也放聲大哭)〉이라는 논설을 써 국권침탈의 전말을 폭로하고, 일제의 침략과 을사 5적을 규탄했다. 그 밖에도 많은 저술을 통해 유학 사상을 드러냈는데 〈유교변〉이 그 대표적인 글이라 할 수 있다.

말하는 지혜

속된 말이 한번 입 밖으로 나오면
선비로서 품행이 바닥에 떨어진다.
속된 말을 입 밖으로 꺼내지 마라.

남을 이놈 저놈이라 부르거나, 이것저것이라고 하지 마라.
또 아무리 비천한 자일지라도 화가 난다 해서
도적이니 개, 돼지니 원수라고 부르지 말 것이며,
죽일 놈이라든가 왜 죽지 않느냐고 꾸짖지 마라.

_____월 _____일 깨달음 지수 ☆☆☆☆☆

일이 잘못되었다고 해서 성을 내며

나는 죽어야 한다든가, 누구를 죽여야 한다든가,

세상이 망해야 한다든가, 나라가 없어져야 한다든가,

떠돌아다니거나 빌어먹으라는 따위의

막말을 해서도 안 된다.

경박한 말이 나오려 하면 빨리 마음을 짓눌러서

입 밖으로 튀어나오지 않게 하라.

그렇게 하면 남에게 모욕을 받고 피해가 잇따른다.

어찌 두려운 말이 아니겠는가.

_이덕무,《사소절》

고 박사의 인문학 수업
사람은 감정의 동물이기에 자신도 모르게 내뱉은 말로 인해 실수하게 된다. 그 폐해를 경계하는 글이다. 인간이 말로써 저지르는 실수와 폐단은 이루 헤아릴 수 없다. 이는 동서고금을 막론하고 공통인 듯하다. 이덕무도 선비로서의 품행이 바닥에 떨어지는 건 바로 말 때문이라고 보았다.

생각과 마음이
자라는 시간

1. 리더가 되려면 먼저 나부터 잘 다스려야 한다. 나는 과연 나에게 어떠한 리더인가? 장단점을 적어 보자.

2. 나는 혼자 있을 때 무엇을 하나? 그러한 행동은 과연 남들이 보고 있어도 부끄럽지 않은가? 남이 봐도 떳떳하려면 어떤 것부터 고쳐야 할지 생각해 보자.

3. 무술이나 태권도, 복싱 등을 하는 스포츠 선수들은 자신의 능력을 남에게 쉽게 보여주거나 사용하지 않는다. 그 이유는 무엇일까? 어설픈 재주를 믿고 설치는 자와 재주가 있어도 그걸 숨기는 자의 차이는 무엇인지 생각해 보자.

5장

노력

인간은 미흡하고 부족한 존재야.

그런 인간이 이처럼 엄청난 역사와 문명,

그리고 문화를 이룩할 수 있었던 비결은 무엇일까?

그건 바로 엄청난 노력이 있었기 때문이지.

노력만이 인간을 위대하게 만들어 주거든.

노력하기 위해선 연습이 필요하지.

연습이 천재를 만든다는 말도 거기에서 나온 거야.

자신의 삶을 바꾸고 멋진 인생을 살고 싶다고?

길은 있어. 바로 노력이야.

끝없는 노력

일정한 단계에 도달한 뒤에도 자만하지 말아야 한다.
막다른 위험에 처해도 한 걸음 더 나아가고,
태산 꼭대기에서도 다시 태산을 찾아서
원하고 또 원하기를 마치 발견하지 못한 것처럼 하여
힘껏 노력하다 죽은 뒤에야 그만두는 것을 목표로 삼아야 한다.

_정조,《홍재전서》

고 박사의 인문학 수업
정조는 아버지 사도세자가 죽은 뒤 힘들고 어려운 시절을 보내며 왕이 될 때까지 최선
을 다해 학문을 익혔다. 그 결과 그는 조선의 전성기를 구가한 성군이 되었다. 이 시문
은 죽는 날까지 최선을 다해야 함을 역설하고 있다. 게으름에 빠지는 순간 인간은 더 이
상 발전하지 못하기 때문이다.

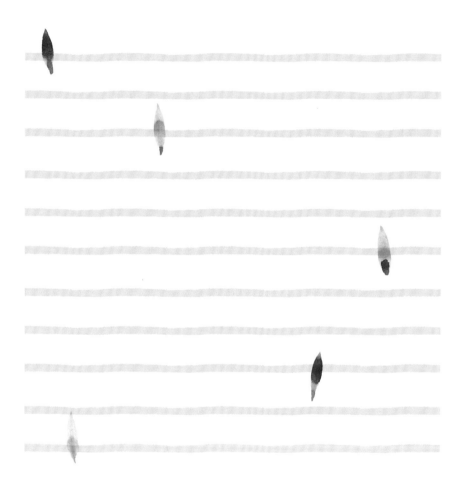

盈科之後 猶有不自滿假之心 영과지후 유유부자만가지심
百尺竿頭 又進一步 백척간두 우진일보
太山頂上 更尋太山 태산정상 갱심태산
望之又望 若未之見焉 망지우망 약미지견언
矻矻斃而後已 以是爲期 갈갈폐이후이 이시위기

끈질김에 대하여(百花譜序)

벽이 없는 사람은 아무짝에도 쓸모가 없다.
벽이라는 것은 질병과 편벽됨이 합쳐진 말로
지나치게 치우침으로 인해 생긴 병이다.
그러나 홀로 자기만의 세계를 뚫고 나가는 정신을 갖추고
전문적인 기술과 예능을 익히는 것은
벽이 있는 사람만이 할 수 있다.

_박제가,《백화보》

고 박사의 인문학 수업
이 글은 조선의 실학자인 박제가가 꽃을 사랑하다 못해 미친 김덕정(金德亨)이 꽃을 그린 사생첩《백화보》 서문에 쓴 글이다. 어느 경지에 오르기 위해서는 미쳐야만 한다. '미쳐야 미칠 수 있다'라는 말은 이 글과 일맥상통한다. 미친 듯한 열정이 아니면 큰 성취를 이룰 수 없다는 말이다.

퇴계에 대하여

평소 해가 뜨기 전에 일어나 이불을 개고 잠자리를 정돈한다. 그리고 세수하고 머리를 빗고 의관을 입은 뒤 매일같이 소학(小學)으로 조신(操身)한다. 젊은 사람이나 어른들이 글방에 모여 제멋대로 흐트러진 자세를 취하고 있어도 반드시 몸을 반듯하고 단정하게 앉는다.

옷매무시도 단정하게 하고 언행도 언제나 조심스럽게 가려 했기에 사람들이 모두 선생을 사랑하고 공경하여 감히 가벼이 대하지 못하였다.

_김성일,《학봉집》

고 박사의 인문학 수업
김성일(金誠一)이 퇴계 이황에 대해 쓴 글이다. 이황이 얼마나 반듯한 삶의 자세를 취했으며 언행이 일치하는 삶을 산 선비인지를 잘 보여주는 글이라 하겠다. 동양의 위대한 철학자라는 위치는 결코 쉽게 이룬 것이 아님을 알 수 있다.

선비의 가르침

선비의 가르침이란 무엇인가.
도를 깨우쳐 백성을 얻는 것이다.

넓게 배워 끝이 없도록 하고
독실하게 행하여 게으름을 피우지 않으며
조용한 데 머무르며 음탕한 짓을 하지 않는다.

위로 통해도 지치지 않으며

어진 사람을 그리워하고 많은 사람을 너그러이 받아들인다.

모난 것은 버리고 둥글게 많은 사람과 사귀어야 한다.

선비는 너그럽기가 이와 같다.

_장지연,《조선유교연원》

 고 박사의 인문학 수업

우리나라 최초의 지방지인 《경남일보》 창간 주필인 장지연은 원래 선비의 길을 걸었던 유학자였다. 그는 이 글을 통해 선비가 어떻게 살아야 하는지를 이야기한다. 한 마디로 자기 자신에게 끊임없이 채찍질해야 한다는 것을 알 수 있다. 누군가의 모범이나 리더가 된다는 건 결코 쉬운 일이 아니다.

훈민가(訓民歌)

오늘도 날이 다 밝았다. 호미 매고 가자꾸나.

내 논 다 매거든 네 논도 매어주마.

오는 길에 뽕 따다가 누에 먹여 보자꾸나.

_정철,《송강가사》

고 박사의 인문학 수업

이 시조는 정철(鄭澈)이 강원도 관찰사로 있을 때 백성들을 교화시키기 위해 지은 훈민가 중 하나다. 원래 18수를 지었으나 16수가 《송강가사》에 실려 전해 내려오고 있다. 농부들의 성실한 생활을 통해 조그마한 자투리 시간도 알뜰히 쓰는 부지런한 모습이 잘 드러나 있다.

바르게 써 보자

오늘도 낮이 다 밝았다,
호미 메고 가자꾸나.

내 논 다 매거든
네 논도 매어주마,

오는 길에 뽕 따다가
누에 먹여 보자꾸나.

선하게 살자 (無命辯)

반첩여(班婕妤)*가 말했다.

"죽고 사는 것은 명에 달려 있고 부귀영화는 하늘에 달려 있다. 올바른 일을 많이 해도 복을 받지 못하는 경우가 있는데 하물며 악한 일을 행하고서 무엇을 원하겠는가?"

• 반첩여 : 한나라 성제(成帝)의 후궁.

若夫班婕妤之言曰 死生有命 富貴在天 修正 尚不蒙福 爲惡 將欲何求
약부반첩여지언왈 사생유명 부귀재천 수정 상부몽복 위악 장욕하구

제갈무후(諸葛武侯)*도 말했다.

"몸이 다하도록 죽을 때까지 일하지만 성공하고 실패하는 것과 이롭고 불리함의 결과는 신(臣)이 할 수 있는 일이 아닙니다."

이것이 진실로 의로움이고 지혜의 완성이니 명(命)이란 없는 것이라고 말한 뒤에라야 속이 시원하겠는가.

_홍석주,《여한십가문초》

고 박사의 인문학 수업

100세 시대가 되면서 이제는 은퇴 없이 죽을 때까지 열심히 일해야 한다. 사람은 살아 있는 동안 최선을 다해 세상에 이로운 일을 해야 하는 존재인가 보다. 조선 후기의 문신 홍석주(洪奭周) 역시 후회 없이 최선을 다했다면 결과는 하늘에 맡겨야 한다고 말하며, 군자는 명의 유무에 흔들림 없이 의를 실천할 수 있어야 한다고 역설했다.

● 제갈무후 : 제갈량(諸葛亮).

諸葛武侯亦有言 鞠躬盡瘁 死而後已 成敗利鈍 非臣之能逆覩也
제갈무후역유언 국궁진췌 사이후이 성패리둔 비신지능역도야
斯固義之至而知之盡也 亦何必曰無命而後快哉
사고의지지이지지진야 역하필왈무명이후쾌재

잘 간다고 달리지 마라

잘 간다고 달리지 말며 못 간다고 해서 쉬지 말아라.
부디 그치지 말고 짧은 시간이라도
아껴서 쓰도록 하여라.
가다가 중지하면 가지 않은 것만 못 하니라.

_김천택, 《청구영언》

고 박사의 인문학 수업
끈기와 지속성에 관한 글이다. 무슨 일이든 중단하지 말고 꾸준히 끈기 있게 해 나가야
성공의 기쁨을 맛볼 수 있다. 김천택(金天澤)은 조선 후기의 중인이다. 시조작가이자 가
객으로 《청구영언》이라는 시조집을 편찬했다. 그는 신분적 한계를 시조로 풀어냄으로
써 그 이름을 역사에 새겼다.

태산가(泰山歌)

태산이 높다 하되 하늘 아래 산이로다.

오르고 또 오르면 못 오를 리 없건마는

사람이 자기 스스로 아니 오르고

항상 태산만 높다 하는구나.

_양사언, 《봉래시집》

고 박사의 인문학 수업
아무리 큰일도 작은 한 걸음, 한 번의 삽질로 시작된다. 큰일이라고 망설이며 시작조차
하지 못한다면 큰일은 영원히 큰일로 남게 된다. 조선 중기의 시조 시인 양사언(楊士彦)
의 이 작품은 사람들이 노력하지도 않고 포기해 버리는 것을 비판한 작품이다. 꾸준히
노력하며 실천하는 자세의 중요성을 태산에 빗대어 쓰고 있다.

바르게 써 보자

태산이 높다 하되 하늘 아래 산이로다.

오르고 또 오르면 못 오를 리 없건마는

사람이 자기 스스로 아니 오르고

항상 태산만 높다 하는구나.

泰山雖高是亦山 태산수고시역산
登登不已有何難 등등불이유하난
世人不肯勞身力 세인부긍노신력
只道山高不可攀 지도산고불가반

아들에게 보내는 편지

나는 너희에게 넓은 토지를 남기지는 못하지만
삶을 넉넉하게 하고 가난을 구제할 수 있는
몇 마디 교훈을 남기고자 한다.

첫째는 부지런하라는 것이다.
오늘 할 일을 내일로 미루지 마라.
아침에 할 수 있는 일을 저녁때까지 미루지 마라.
갠 날에 할 일을 비 오는 날까지 미루지 마라.

두 번째는 검소하라는 것이다.

의복은 가리는 것으로 충분하니 사치한 의복을 탐내지 마라.

음식은 알맞게 먹는 것이 좋다.

아무리 먹음직스러운 음식이라도 뱃속에 들어가면 더러운
물건이 되느니라.

그래서 입속의 음식을 보고 누구나 더럽게 여기는 것이다.

_정약용

고 박사의 인문학 수업

아들이 바른길을 걷기를 바라는 마음이 구구절절 드러나는 글이다. 오늘날 어느 아버지
가 아들에게 보내는 편지라 해도 손색없는 글이라 하겠다. 정약용은 학문을 이루기 위
해 자신의 몸을 매우 혹사시켰다. 거의 종합병원이라 할 정도로 옴ㆍ치통ㆍ폐병ㆍ중풍
등 온갖 병과 싸우면서도 큰 학문적 업적을 이루었다.

퇴계 선생에 대해

일찍이 퇴계 선생이 말씀하셨다.

"내가 젊을 때 도리(道理)에 뜻을 두어 온종일
쉬지 않고 밤새도록 잠도 자지 않고 책을 읽었다.
그로 인해 병을 얻어 결국은 병폐한 사람이 되고 말았다.

학문을 배우는 자들은 자신의 기력을 헤아려야 한다.

잘 때는 자고, 깨어 있을 때는 깨어 있어야 한다.

다만 언제 어디서든 깨어서 성찰하고 체험해서 그 마음으로 제멋대로 행하여 빗나가지 않도록 해야 한다.

굳이 나처럼 무리하여 병을 불러올 필요까지는 없다.”

_이덕홍,《계산기선록》

시를 쓰는 다섯 가지 법칙(詩作五戒)

임술년에 다다르니 그동안 내가 지은 시와 율시가 천 편이 되었다.

그중 오백여 수를 없애 버리고 나머지를 베껴 두었다.

다시 십여 년 뒤에 또 천 수의 시를 지으니 시는 조금 나아졌지만

갈고 닦는 공은 옛날만 못하다.

그래서 다섯 가지 경계를 하고자 한다.

첫째는 날카롭거나 잔재주를 부리지 말자.
둘째는 막혔거나 더듬거리지 말자.
셋째는 남의 것을 훔치지 말자.
넷째는 남의 것을 비슷하게 따라 하지 말자.
다섯째는 미심쩍은 것이나 치우친 말을 사용하
지 말자.

때로는 세상일이 여의치 않아서 누군가와 이별하는 시도 쓰고 죽었을 때 위로하는 시도 썼다.
그것은 급히 서두른 것이라 나중에 후회를 면치 못하는 것이라 생각해 마음에 걸리면 그 초고를 찢고 남겨 두지 않았다.

_장유,《계곡만필》

고 박사의 인문학 수업

장유는 주자학(朱子學)의 편협함을 비판하면서 명분에만 빠져선 안 된다고 주장한 조선 중기의 문신이다. 그는 마음을 바로 이해하고 행동해서 진실을 찾아야 한다고 하며, 시 한편을 쓰더라도 남의 것을 베끼거나 훔치지 않고 진실되게 순수한 마음을 그리도록 애쓰라고 하였다.

동창이 밝았느냐

동창이 밝았느냐 노고지리 우지진다.
소 치는 아이는 상기 아니 일었느냐.
재 넘어 사래 긴 밭을 언제 갈려 하나니.

ㅣ남구만, 《청구영언》

고 박사의 인문학 수업
조선 후기의 문신 남구만(南九萬)이 말년에 관직에서 물러나 전원생활의 풍류를 즐기
며 쓴 작품이다. 농촌의 아침 풍경을 정겹게 표현함으로써 운치와 멋을 살린 대표적인
권농가 중 하나다. 아침 일찍 일어나 부지런히 노력해야 한다는 근면함을 노래한 시다.

인재의 중요성 (人材說)

목수 된 자가 진실로 단점을 버리고 장점만을 따서 쓴다면 큰 나무는 대들보나 기둥이 된다.

가느다란 나무는 서까래나 문설주가 된다.

다 크지 않은 나무의 줄기도 쓸 수 있는 것은 모두 좋은 재목으로 만들 수 있다.

이처럼 의사 역시 진실로 해로운 것을 없애기 위해 그에 맞는 것을 쓴다. 약을 갈아 환약을 만들거나 조제하여 탕약이나 산약을 만드는 데 있어서 소 오줌이나 말똥, 이끼나 버섯 같은 것을 쓰기도 한다. 이는 모두 좋은 약이 되기 때문이다.

_김시습, 《매월당집》

고 박사의 인문학 수업

사람을 씀에 있어서 버릴 것이 없고 다 마땅히 쓸 곳이 있다는 것을 설파한 글이다. 김시습은 인재의 중요성과 인재 양성을 무엇보다 중요하게 생각했다. 나라를 다스리는 데 있어서는 인재를 얻는 것을 근본으로 삼고, 백성을 교화함에 있어서는 인재를 육성하는 것을 우선으로 삼아야 한다.

매화사

어리고 성긴 가지 너를 믿지 않았더니

눈어림으로나마 능히 약속을 지켜
두세 송이 피었구나.

촛불을 켜 들고 가까이 가서 보니 암향(暗香)조차 풍기는구나.

_안민영, 《금옥총부》

고 박사의 인문학 수업

조선 철종 때의 가인 안민영(安玟英)은 추운 겨울에 꽃을 피우는 매화를 절개를 지키는 선비에 비유해 우리 선인들의 고결한 품격과 절개가 얼마나 아름다운지를 보여 주었다. 매화에 대한 노래는 헤아릴 수 없이 많지만 이 시조만큼 매화에 대한 애정이 뜨겁게 나타난 작품도 없을 것이다.

계획에 대하여(孔子三計圖)

일생의 계획은 어릴 때 있고,

1년의 계획은 봄에 있고,

하루의 계획은 새벽에 있으니,

어려서 배우지 않으면 늙어서 아는 바가 없고,

봄에 밭을 갈지 않으면 가을에 바랄 것이 없으며,

새벽에 일어나지 않으면 그날에 힘쓸 바가 없다.

_공자,《명심보감》

고 박사의 인문학 수업

인생을 마라톤으로 보고 먼 훗날 좋은 결과를 얻기 위해서는 젊은 시절 최선을 다해 노력하고 자신을 갈고닦아야 한다. 미래를 위해 현재를 희생해선 안 된다는 말도 있다. 미래를 위해 대비만 하다간 결국 인생의 즐거움도 누리지 못하고 늙어 죽게 된다는 뜻이다. 하지만 그 말은 지금 느끼는 행복을 희생하라는 게 아니라 쓸데없이 시간이나 노력을 낭비하지 말라는 뜻이다.

一生之計 在於幼 일생지계 재어유

一年之計 在於春 일년지계 재어춘

一日之計 在於寅 일일지계 재어인

幼而不學 老無所知 유이불학 노무소지

春若不耕 秋無所望 춘약불경 추무소망

寅若不起 日無所辦 인약불기 일무소판

생각과 마음이
자라는 시간

1. 요즘 학교에서는 개근상을 주지 않는다. 왜 그럴까? 다시 개근상을 주는 것이 좋은지 내 생각을 적어 보자.

2. 끝까지 포기하지 말라는 이유는 무엇일까? 이에 관한 속담으로 '열 번 찍어 안 넘어가는 나무 없다'는 말이 있고, 반대로 '오르지 못할 나무 쳐다보지도 말라'는 말도 있다. 과연 무엇이 옳은지 생각해 보자.

3. 하루에 조금씩 꾸준히 하는 것이 있다면 왜 그것을 하는지 생각해
보자. 없다면 오늘부터라도 무언가 하나를 정해 꾸준히 해보자. 그리
고 무엇을 할 것인지 적어 보자.

6장

본분

본분은 정체성과도 연관이 있는 말이야.

자기가 누구인지 정확히 알고 자신의 능력을

타인이 되어 제대로 판단한다는 의미기도 하지.

본분을 잘 아는 사람은 절대 헛된 욕심을 부려서

망신을 당하거나 자신을 망치는 일이 없어.

게으름을 피우거나 쓸데없는 망상에 빠지지도 않고 말이야.

오로지 본분에 충실해 자신이 해야 할 일을 할 뿐이지.

노병은 죽지 않는다

저는 52년간의 군 생활에 막을 내리려 합니다. 제가 처음 군대에 들어 왔을 때는 20세기의 막이 채 오르기 전이었습니다. 제 소년 시대의 모든 희망과 꿈을 실현하기 위해서였습니다. 제가 웨스트 포인트 육군대학에서 임관 선서식을 치른 이래로 세계는 몇 차례 나 바뀌었고 소년 시대의 희망과 꿈 역시 다 사라지고 말았습니다.

저는 그 당시 가장 인기 있었던 군가의 후렴을 아직도 기억하고 있습니다. 그것은 '노병은 죽지 않는다. 다만 사라질 뿐이다'라는 노래입니다. 군가 속 노병처럼 저도 제 군인 생활의 막을 내리고 사라지고자 합니다. 하느님이 가호하시어 분부한 그대로 직무에 최선을 다해 노력해 온 노병으로서 사라질 뿐입니다. 안녕히 계십시오.

_더글러스 맥아더

고 박사의 인문학 수업
이 글은 맥아더 장군이 자신의 군 생활을 마무리하며 한 연설이다. 이 가운데서도 '노병은 죽지 않는다. 다만 사라질 뿐이다'라는 구절이 지금까지도 사람들 사이에서 회자되고 있다. 명구는 이렇게 우연히 만들어진다. 맥아더가 한국전쟁에 참전했을 때는 이미 칠십대의 노인이었다. 그가 미 육군사관학교에서 딴 점수는 지금도 깨지지 않고 있다고 한다.

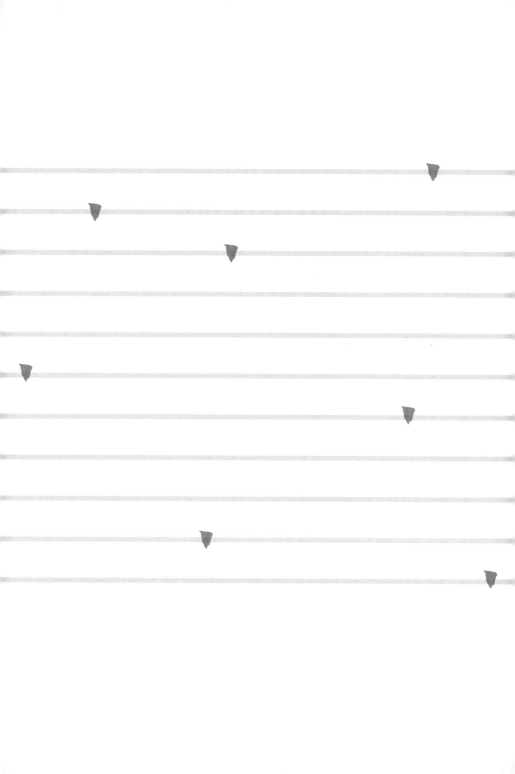

마음 가는 대로 (述志)

시냇가 초가집에 홀로 한가로이 사노라니

달 밝고 바람 맑아 흥이 넉넉하다.

손님은 오지 않고 산새만 지저귀네.

대숲 언덕으로 평상을 옮겨 누워 책을 보누나.

— 길재, 《야은집》

고 박사의 인문학 수업

길재(吉再)는 고려 말의 충신으로 태종인 이방원과도 친분이 두터웠지만 왕조가 바뀌자 은둔생활을 했다. 이 작품은 두 왕조를 섬기지 않겠다는 불사이군(不事二君)의 충절을 지키며 금오산에서 은둔하던 작가의 만년 작이다. 지조와 절개를 지키느라 곤궁하게 살았지만 자연을 벗삼아 학문에 정진하는 은둔생활의 정취를 느낄 수 있다.

臨溪茅屋獨閑居 임계모옥독한거
月白風淸興有餘 월백풍청흥유여
外客不來山鳥語 외객부래산조어
移床竹塢臥看書 이상죽오와간서

슬기로운 삶

남을 원망하지 말고
자신에게 나쁜 점이 없게 하라.
뜻이나 행동은 나보다 나은 사람과 비교하고
분수나 복은 나보다 못한 사람과 견주어라.

_이식, 《택당집》

고 박사의 인문학 수업
이상은 높은 곳을 향하고 현실은 땅을 보라는 뜻이다. 문장이 뛰어나 한문 4대가로 알
려진 이식(李植)은 양평 출신 유학자다. 벼슬을 살다 낙향한 그는 남한강변에 택풍당(澤
風堂)을 짓고 학문과 후학 양성에 전념했다. 의(義)를 중시해 의롭게 살 것을 가르치니
이 영향이 근방에 두루 미쳐 한말 이곳에서 의병 활동이 가장 먼저 일어났다고 한다.

바르게 써 보자

남을 원망하지 말고 자신에게 나쁜 점
이 없게 하라.
뜻이나 행동은 나보다 나은 사람과 비
교하고 분수나 복은 나보다 못한 사람
과 견주어라.

좌우명(座右銘)

달은 차면 기울고 그릇은 가득 차면 엎어진다.

하늘 끝까지 올라간 용은 후회하게 되니

만족을 알면 욕될 일이 없다.

권세에 기대서도 안 되고 욕심을 너무 부려서도

안 된다.

새벽부터 밤늦도록 경계하고 두려워하기를

깊은 연못에 가까이 가는 것처럼 살얼음을 밟는 듯해라.

_김상용,《선원유고》

고 박사의 인문학 수업

좌우명은 원래 문장이 아닌 술독이었다고 한다. 제나라 환공(桓公)에겐 묘한 술독이 있었는데 이 술독은 비어 있을 때는 비스듬히 기울었다가 반쯤 차면 바로 서고, 가득 차면 엎어졌다. 그래서 그는 이걸 늘 옆에 놓고 교만한 것을 경계했다. 그 뒤 유명한 서예가 최원(崔瑗)이 파란만장한 삶을 살면서 오른쪽에 경계하는 글을 새겨 놓았으니 이것이 바로 좌우명의 유래다.

月盈則缺 器滿則覆 월영즉결 기만즉복
亢龍有悔 知足不辱 항용유회 지족불욕
勢不可恃 慾不可極 세불가시 욕불가극
夙夜戒懼 臨深履薄 숙야계구 임심리박

쇠똥구리와 여의주(蟬橘堂濃笑)

쇠똥구리는 소똥으로 경단을 만들어 아끼기 때문에
용이 가진 여의주를 부러워하지 않는다.
용도 여의주를 갖고 있다고 스스로 뽐내며 교만하지만
쇠똥의 경단을 비웃지는 않는다.

_이덕무.《청장관전서》

고 박사의 인문학 수업
사람은 누구나 자신의 것을 소중히 여기며 기뻐할 때 그 존재 가치가 있다는 뜻이다. 남
과 비교하여 깔보거나 그들을 부러워하는 것은 어리석은 행동임을 말하고 있다. 이덕무
는 조선 후기의 실학자로 첩의 자식으로 태어나 추위와 가난에 허덕이며 살았다. 그러나
자신이 읽던 책으로 이불 삼고 병풍 삼아 가며 독서를 해 위대한 학자가 될 수 있었다.

蟪蛄 自愛滾丸 不羨驪龍之如意珠 驪龍

당랑 자애곤환 불이려룡지여의주 려룡

亦不以如意珠 自矜驕而笑彼蜋丸

역불이여의주 자긍교이소피랑환

대나무를 벗 삼아(此君軒記)

대나무가 사랑받는 이유는 감정이 없고 작용이
없기 때문이다.

만일 대나무가 생각이 있어 스스로 다른 화초나 풀들과 다르다고 뽐
낸다면 그것을 꺾고 뽑고 자르지 않을 사람이 없을 것이다.

然則竹之所以得全其愛者 亦無情意無運用之故耳

연즉죽지소이득전기애자 역무정의무운용지고이

使其介然有覺 魁魁焉欲自異於妖英浪卉之間 則其不摧摟而蹶伐之者 亦寡矣

사기개연유각 교교언욕자이어요영낭훼지간 즉기불최알이전벌지자 역과의 하물며 만사를 널리 알고 수많은 변을 겪어서 아름답다던가 더럽다, 좋다, 싫다 하며 서로를 원망하는 자들은 어찌 그 화를 당할 것인지 이루 다 말할 수 있겠는가.

꼿꼿하면서도 빛나지 않고 곧으면서도 스스로 자랑하지 않아 군자의 지조는 있으면서도 액운이 없는 것은 지극히 자기를 비우고 고요한 것을 지키는 자만이 가능한 것이니 대나무의 덕이 이와 비슷하다.

_김매순,《진서》

고 박사의 인문학 수업

조선 후기의 학자 김매순(金邁淳)이 군자의 덕성을 대나무에 빗대어 말한 것이다. 대나무가 꼿꼿하고 곧다지만 드러내서 자신을 자랑하지 않으며 안이 비어 있어도 그 비어 있음으로 고요히 자신의 중심을 지킨다는 뜻이다. 사군자 가운데 하나인 대나무는 요즘 서울에서도 건물들 사이에서 울창하게 자라고 있다. 지구 온난화의 영향이다. 번잡한 서울에서 선비의 기개를 엿볼 수 있으니 이를 좋다고 해야 할지 나쁘다고 해야 할지 알 수가 없다.

而況知周乎萬事 身履乎百變 姸媸好惡 相怨一方者 其遇患 何可勝道也
이황지주호만사 신리호백변 연치호오 상원일방자 기우환 하가승도야

貞而不耀 直而不衒 有君子之操 而無君子之厄 非致虛而守靜者 不能也 而竹之
德殆庶幾焉
정이불요 직이불현 유군자지조 이무군자지액 비치허이수정자 불능야 이죽지
덕태서기언

경계하고 대비하라 (履霜箴)

작은 것에서 큰 것을 생각하는 사람은 흥한다.
쉬운 것에서 어려움을 생각하지 않는 사람은 망한다.

_주세붕, 《무릉잡고》

고 박사의 인문학 수업

작은 것은 큰 것의 일부고 또 쉬운 것은 어려움의 일부다. 따라서 경계하며 자신을 지키
려 애써야 한다. 주세붕(周世鵬)은 조선 중기의 학자로 1543년 사림을 교육하기 위해 우
리나라 서원의 시초인 백운동 서원을 세웠다. 성리학 이념을 보급해 지역 백성들을 교
화하고, 향촌 사림의 배양을 위해 서원을 건립한 것이다.

바르게 써 보자

작은 것에서 큰 것을
생각하는 사람은 흥한다.

쉬운 것에서 어려움을
생각하지 않는 사람은 망한다.

圖大於細者興 도대어세자흥
忘難於易者亡 망난어이자망

생각과 마음이
자라는 시간

1. 인생을 살면서 항상 조심하고 경계하면서만 살아야 하는 걸까? 자신이 할 수 있는 만큼 최선을 다해 살아야 하는 게 아닐까? 내 생각을 적어 보자.

2. 나의 본분은 무엇인가? 그 본분을 위해 나는 어떤 노력을 하고 있는가? 본분을 망각한다면 나에게 어떤 일이 기다리고 있을까? 이에 대한 내 생각을 적어 보자.

3. 금수저 흙수저라는 말이 있다. 신분 차별을 뜻하는 의미로 쓰이고 있지만 생각을 바꿔 보면 자신의 처지를 정확히 알고 분발하자는 의미도 있다. 내가 생각하는 본분은 무엇인지 적어 보자.

7장

깨달음

우리가 공부하는 이유는 뭘까?

모르는 것이 있으면 답답한 이유는 뭘까?

또, 지혜롭다는 것은 무슨 의미일까?

이 모든 것은 깨달음과 관계가 있어.

깨달음은 사물의 이치를 알게 되는 것이고,

그로 인해 같은 어리석음을 되풀이하지 않게 된다는 것이야.

끊임없이 깨달음을 통해 거듭나고 변화하지 못한다면

그 사람의 삶은 한 자리에 머문 채 끝이 나고 말지.

자기 자신을 돌아보다

먼저 나부터 선한 사람이라야 마땅히 선한 사람을 좋아하게 된다.

그리고 악한 자를 싫어하게 됨으로써 선한 자는 가까워지고 악한

자는 저절로 멀어진다.

무슨 다른 이유가 있겠는가.

말하자면 자기 자신을 돌아보면 알 일인 것이다.

_홍대용, 《담헌집》

고 박사의 인문학 수업

유유상종(類類相從)이란 말이 있다. 비슷한 것들끼리 모인다는 뜻이다. 내가 선하게 살려면 나부터 선한 사람이 되려고 노력해야 한다. 세상일의 모든 원인은 나에게서 비롯된다. 남을 탓할 필요 없이 나의 수련이 부족한 탓이다. 이런 깨달음이 있었기에 홍대용은 실학 연구에 있어서 선구자적 역할을 할 수 있었던 것이다.

자비의 본질

자비라는 것은 억지로 짜내는 것이 아니다.
순한 비처럼 하늘로부터 위에서 아래로 내리는
것이다.
그것은 하늘에서 땅 위에 내리는 자애로운 비처럼 두 배의 축복이다.
그것은 주는 자와 받는 자를 다 같이 축복하며 가장 힘 있는 자에
게도 최상의 힘이 된다.

왕관을 쓴 왕에게는 왕관보다 더 왕다움을 부여하며, 현세의 권력을 상징하고, 위력과 존엄의 표지로서 왕에 대한 두려움과 경이로움이 깃들인 왕홀의 위력을 능가한다.

그것은 왕의 가슴에 자리 잡은 하느님의 속성이다.

자비로 정의가 완화될 때 지상의 권력은 하느님의 권세에 가장 가까워진다.

_윌리엄 셰익스피어,《베니스의 상인》

고 박사의 인문학 수업

셰익스피어(William Shakespeare)의 대표작 《베니스의 상인》에서 법관으로 변장한 포샤가 샤일록에게 자비를 베풀어 달라고 하지만 샤일록은 이를 거절한다. 하지만 포사의 지혜로운 판결로 샤일록은 오히려 살인 의도 혐의로 재산을 몰수당할 위기에 처한다. 이처럼 아름다운 자비는 인간의 고결함의 상징이라 할 수 있다.

스승의 조건(師說)

예로부터 배우는 자들에게는 반드시 스승이 있
었으니 스승이란 도(道)를 전해 주고 학업을 깨
우치게 하고 궁금한 것을 풀어 주는 존재다. 사람
이 날 때부터 아는 자가 아닌 이상 어찌 궁금한 것이 없겠는가. 궁
금한 것이 있는데도 스승을 모시지 않으면 궁금한 것은 끝내 풀리
지 않는다.

_____월 _____일 깨달음 지수 ★☆☆☆☆

古之學者 必有師 師者 所以傳道授業解惑也
고지학자 필유사 사자 소이전도수업해혹야

人非生而知之者 孰能無惑
인비생이지지자 숙능무혹

惑而不從師 其爲惑也 終不解矣
혹이불종사 기위혹야 종불해의

나보다 먼저 태어나 도를 깨우친 것이 진실로 앞서 있다면 나는 그를 스승으로 삼아야 한다. 나보다 늦게 태어났더라도 나보다 앞선다면 그를 스승으로 삼을 것이니, 나는 도를 스승으로 삼는 것이다. 어찌 그의 나이가 많고 적음을 아랑곳하겠는가. 그러므로 귀하고 천한 것이 상관없고, 나이가 많고 적음이 상관없으며, 오직 도가 있는 곳이 바로 스승이 있는 곳이다.

_한유,《고문진보후집》

고 박사의 인문학 수업

비슷한 말로 불치하문(不恥下問)이란 말이 있다. 아랫사람에게 물어보는 것을 부끄러워하지 말라는 뜻이다. 학식이나 도를 깨우침에 있어서 나이는 중요하지 않다. 성인이 된 뒤에는 서로 존경하고 예를 갖추며 배움에 힘써야 한다.

生乎吾前 其聞道也 固先乎吾 吾從而師之
생호오전 기문도야 고전호오 오종이사지
生乎吾後 其聞道也 亦先乎吾 吾從而師之
생호오후 기문도야 역선호오 오종이사지

吾師道也 夫庸知其年之先後生於吾乎
오사도야 부용지기년지선후생어오호
是故 無貴無賤 無長無少 道之所存 師之所存也
시고 무귀무천 무장무소 도지소존 사지소존야

남의 말을 빌려 타다 (借馬說)

나는 집이 가난하여 간혹 남의 말을 빌려 탄다.

굽이 높고 귀가 뾰족하고 날쌘 녀석을 빌리면 마음에 들어 마음대로 채찍도 갈기고 고삐도 잡아당긴다. 언덕이나 골짜기를 마치 평지처럼 달릴 수 있어 통쾌하긴 하나 말에서 떨어질 위험은 피할 수 없다. 사람의 마음이 변하는 것이 어찌 이러한가. 남의 것을 빌려서 잠깐 쓰는 데도 이러한데 하물며 자기 것을 쓸 때는 어떻겠는가.

사람이 자기 것이라 해도 남에게서 빌리지 않은 게 어디 있겠는가. 임금은 백성에게서 힘을 빌려 높은 자리에 올랐고, 신하는 그 왕의 힘을 빌려 귀해졌다. 아들은 아비에게, 아내는 남편에게, 노비는 주인에게 빌리고 있다. 그 모든 것을 자기 소유라고 생각하고 깨닫지 못하니 어찌 어리석다 하지 않겠는가.

잠시 후 빌린 걸 돌려주게 되면 큰 나라의 왕도 필부가 되고 귀족 집안도 외로운 신세가 되니 하찮은 백성은 말할 것도 없다. 일찍이 맹자가 말했다. 오래 빌려서 돌려주질 않으면 어떻게 그것이 자기 것이 아니라는 걸 알겠는가.

_이곡,《가정집》

고 박사의 인문학 수업

우리가 이 세상에 왔다 가면서 얻는 것은 모두 헛된 것이며, 자기 것은 하나도 없다는 절실한 깨달음을 주는 글이다. 오늘날 정치인들의 행태를 보면 국민으로부터 빌린 권력을 마구 휘두르다 불명예를 안는 사람들이 너무나 많다. 이곡(李穀)이 말한 소유에 대한 근원적 성찰과 깨달음이 필요한 때다.

걱정에 대하여

이미 저질러진 불행에 대해서 자꾸 걱정하는 것은 어리석은 짓이다.

엎질러진 물은 그릇에 다시 담을 수 없다.

걱정해 봐야 소용없는 걱정으로부터 자신을 해방시켜라.

그것이 마음의 평화를 얻는 가장 쉬운 길이다.

— 데일 카네기, 《카네기 행복론》

고 박사의 인문학 수업

과거의 좋은 점 중 하나는 이미 지나갔다는 것이다. 많은 사람이 과거에 연연하는데 그런 걱정일랑 모두 떨치고 다가올 미래를 향해 달리라는 격려의 글이다. 지나친 걱정은 우리의 마음을 상하게 하고, 스트레스에 시달리게 해 삶의 소중한 시간을 허비하게 할 뿐이다.

자기만의 거울

모든 사람은 타인 속에 자신을 비추는 거울을 가지고 있다.
그 거울로 자신의 죄악이나 결점을
똑똑히 비춰 볼 수 있다.
그러나 대부분의 사람은 이 거울에 대고
개와 같은 행동을 한다.
그 거울 속에 비치는 것이 자신이 아니라 개라고 생각하고
짖어 대는 것이다.

_쇼펜하우어,《소품과 단편집》

고 박사의 인문학 수업
염세주의 철학자인 쇼펜하우어(Arthur Schopenhauer)는 좋은 명언을 많이 남겼다. 그는 정곡을 꿰뚫는 말로 많은 이들의 마음을 움직였다. 사람들은 스스로에게는 너그럽고 타인에게는 엄격하다. 하지만 상대방의 모습에서 자신을 발견한다면 타인에게도 자신에게 하는 것과 같이 할 수 있지 않겠는가.

거짓에 대하여

몇 사람을 영구적으로 속이고
많은 사람을 잠시 동안 속일 수는 있다.
하지만 모든 사람을 영원히 속일 수는 없다.

_에이브러햄 링컨

고 박사의 인문학 수업

거짓말을 하려면 없는 사실에 개연성을 부여해야 하는데 그게 커질수록 개연성을 지킬
수 없다는 뜻이다. 가장 좋은 꾀는 정직이라는 말이 그래서 나온 거다. 링컨(Abraham
Lincoln)은 미국이 존경하는 최고의 대통령이다. 그를 존경하는 건 인류 역사에서 노예
해방이라는 한 획을 그은 사람이기 때문이다.

돌아가리라_(歸去來辭)

돌아가리라.

전원이 황폐해져 가는데 내 어찌 돌아가지 않을쏘냐.

이미 내 마음은 몸 가는 대로 따르기로 했지만

어찌 근심하며 홀로 슬퍼하겠는가.

지나간 것은 따져 봐야 소용이 없고
앞으로 올 일은 제대로 따를 만하다는 것을
알겠다.

歸去來兮 田園將蕪胡不歸

귀거래혜 전원장무호불귀

旣自以心爲形役 奚惆悵而獨悲

기자이심위형역 해추창이독비

悟已往之不諫 知來者之可追

오이왕지불간 지래자지가추

갈 길을 잃었지만 아직 멀리 가지 않았으니
지난날은 잘못되었다는 것을 알겠다.
배는 흔들흔들 가볍게 떠 있고
바람은 살랑살랑 옷자락을 날린다.
길 가는 나그네에게 길을 물으니
새벽길 희미한 것이 한스럽구나.

_도연명,《문선》

고 박사의 인문학 수업
과거 사대부들은 학문을 연마하고 실력을 길러 벼슬길에 올라 나라를 위해 봉사하고
대장부의 뜻을 세상에 펼친 뒤 나이가 들면 은퇴하여 고향에 가서 자연을 벗 삼아 편히
지내며 여생을 마치는 것을 가장 큰 행복으로 여겼다. 도연명(陶淵明)은 동진 시대 지
방 하급 관리로 관직 생활을 하기도 했으나 일평생 은둔하며 시를 지었다. 당나라 이후
남북조 시대 최고의 시인으로 평가받는다.

實迷途其未遠 覺今是而昨非
실미도기미원 각금시이작비
舟遙遙以輕颺 風飄飄而吹衣
주요요이경양 풍표표이취의
問征夫以前路 恨晨光之熹微
문정부이전로 한신광지희미

생각과 마음이
자라는 시간

1. 나중에 꿈을 이룬 뒤 나이가 들면 무엇을 하고 싶은지 생각해 보자.
그 일을 하기 위해서는 지금 어떤 노력이 필요한지 생각해 글로 적어
보자.

2. 깨달음은 얻고 성장하려면 나는 어떤 노력을 해야 할까? 깨달음의
수단과 방법에는 무엇이 있는지 생각해 보자.

3. 선지자나 성인은 인간들이 미처 깨닫지 못한 것을 깨달은 사람이다. 4대 성인인 공자, 부처, 소크라테스, 예수는 각자 무엇을 깨달아 우리에게 어떤 가르침으로 주었는지 적어 보자.

8장

정의

정의는 삶에서 반드시 있어야만 하는 것이야.

나라를 빼앗겼으면 그 나라를 찾는 것이 정의고.

힘 있는 자가 약자를 괴롭히면 그렇게 하지 못하도록 막는 것이 정의지.

그러기 위해서는 분별력이 필요해.

그리고 나서 행동으로 정의를 실천하는 것도 중요하지.

정의로운 사람이 되기가 쉽지 않은 이유가 바로 그것 때문이야.

황소 토벌을 위한 격문(檄黃巢書)

광명 2년 7월 8일에 황소에게 고한다.

대체로 바른 것을 지키며 떳떳하게
행동하는 것을 도(道)라 하고,
위험할 때 변통할 줄 아는 것을
권(權)이라 한다.

廣明二年七月八日 諸道都統檢校太尉某告黃巢

광명이년칠월팔일 제도도통검교태위모고황소

夫守正修常曰道 臨危制變曰權

부수정수상왈도 림위제변왈권

지혜로운 자는 시기에 순응하면서
성공하게 되고,
어리석은 자는 이치를 거스름으로써 실패한다.

비록 백 년을 살면서 죽고 사는 것이 언제인지 알 수 없지만

만사는 모두 마음먹기에 달렸으니 옳고 그른 것을 분별할 수가 있다.

_최치원,《동문선》

고 박사의 인문학 수업

당나라 말기 반란을 일으킨 황소(黃巢)를 토벌하러 나간 최치원(崔致遠)이 격문을 만들어 황소에게 보낸 것이다. 황소가 이 글을 읽고 말에서 떨어졌다는 일화가 있을 정도다. 최치원은 외국에서 큰 공을 세우고 금의환향했지만 국내파들의 장벽에 막혀 뜻을 펴지 못했다. 결국 가야산 깊은 곳으로 들어가 신선이 되었다는 전설만 전해져 온다. 능력 있는 인재가 제 뜻을 펼치지 못하는 건 예나 지금이나 다를 바가 없는 듯하다.

智者成之於順時 愚者敗之於逆理

지자성지어순시 우자패지어역리

然則雖百年繫命 生死難期 而萬事主心 是非可辨

연칙수백년계명 생사난기 이만사주심 시비가변

지금 당장 힘써 해야 할 일

흔히 사람은 나면 나고 죽으면 죽는 것이다.
만일 그 살이나 뼈를 속박해서 손과 발을 묶어 몸을 자유롭게 움
직이지 못하게 한다면 이는 산 것도 아니고, 죽은 것도 아니다.
살아서 그런 괴로움을 당하느니 차라리 한번 흔쾌히 죽는 것만 못
하다.

_이상재,《시무서》

고 박사의 인문학 수업
민족 지도자인 월남 이상재(李商在)가 우리나라가 외세 침략에 존망의 갈림길에 서 있
음을 괴로워하며 쓴 것이다. 이상재는 의식 있는 지식인이면서 풍자와 해학을 즐긴 사
람이다. 나라를 팔아먹은 간신들을 길에서 만나자 그들에게 일본으로 어서 건너가라고
했다고 한다. 그래서 왜 그러냐고 물으니 그래야 일본도 팔아먹을 것 아니냐는 농을 건
넸다는 이야기는 유명하다.

한산섬의 밤

물나라의 가을빛이 저물어 가니
추위에 기러기 떼 높이 나는구나.
시름겨운 이 밤에 잠 못 이루네.
새벽달은 활과 칼을 비추어 주네.

_이순신,《이충무공전서》

고 박사의 인문학 수업
이순신(李舜臣) 장군이 남긴 몇 안 되는 시 중 한 편이다. 나라를 지키려는 마음에 밤늦
도록 잠을 이루지 못하며 고민하는 일국의 운명을 짊어진 자의 애절한 마음이 잘 드러
나 있다. 그는 무관임에도 책을 많이 읽고 글도 잘 썼기 때문에 놀라운 지략을 펼쳐 나
라를 구했는지도 모른다.

자유가 아니면 죽음을 달라

저들은 우리가 나약해서 무서운 적에게 대항하지 못한다고 합니다. 그럼 우리는 언제 강해진다는 겁니까? 다음 주 혹은 내년입니까? 우리가 무기를 내려놓고 영국군이 모든 집을 차지할 때인가요? 아무 의지도 없고 행동도 하지 않으면서 힘을 얻을 수 있나요? 하느님께서 주신 모든 능력을 잘 사용하면 우리는 절대 약하지 않습니다. 자유라는 거룩한 명분으로 무장한 수백만 명의 시민들은 적의 어떤 도발에도 무너지지 않습니다.

게다가 우리는 이 싸움을 혼자 하는 것이 아닙니다. 세계 각국의 운명을 주관하시고 우리를 위해 싸워줄 친구를 세우실 정의로운 하느님이 계십니다. 이 싸움은 강한 자를 위한 것이 아닙니다. 깨어 있으며 행동하는 용기 있는 자들을 위한 것입니다. 사람들은 평화, 평화를 부르짖습니다. 그러나 평화는 어디에도 없습니다.

전쟁은 이미 시작되었습니다. 우리 형제들은 이미 전쟁터에 가 있습니다. 우리는 이곳에서 한가하게 무얼 하고 있는 겁니까? 목숨이 소중하고 평화가 안락하다고 이를 쇠사슬과 노예가 되는 대가로 지불해야 되겠습니까? 이를 거부하십시오. 나는 다른 사람들이 어떤 길을 택했는지 알지 못합니다. 다만 나에게는 자유가 아니면 죽음을 주십시오.

_패트릭 헨리

고 박사의 인문학 수업
모든 연설은 한두 문장만이 오래도록 남는다. 패트릭 헨리(Patrick Henry)의 이 연설도 마지막 문장만이 명언이 되어 떠돈다. 이런 애국자들이 있었기에 미국은 영국의 수탈에 저항해 독립할 수 있었고, 민주주의의 싹을 온 세계에 뿌려 최강국이 될 수 있었다.

애국자의 자세

국가 존망의 위기를 보면 천명을 받은 것같이 생각하고,
이익을 보면 먼저 정의를 생각하라.
단 하루라도 책을 읽지 않으면 입속에
가시가 돋는다.

_안중근

고 박사의 인문학 수업

"5분만 더 시간을 주십시오. 아직 책을 다 읽지 못했습니다." 안중근(安重根) 의사가 옥
중에서 처형을 앞두고 한 말이다. 안중근은 조국의 자주독립을 위해 목숨을 걸고 이토
히로부미를 저격한 정의를 온몸으로 옮긴 실천주의자다. 그에게 살신성인 독립투쟁의
바탕이 된 것은 역시 책과 독서였다.

바르게 써 보자

국가 존망의 위기를 보면 천명을 받은

것같이 생각하고, 이익을 보면 먼저 정

의를 생각하라.

단 하루라도 책을 읽지 않으면 입속에

가시가 돋는다.

기도

나에게 가장 고귀한 사랑의 믿음을 주소서.

이것이 나의 기도이옵니다.

죽음으로써 산다는 믿음, 짐으로써 이긴다는 믿음, 연약해 보이는 아름다움 속에 강한 힘이 감추어져 있다는 믿음, 해를 입고도 원수 갚기를 싫어하여 겪는 고통의 존엄한 가치에 대한 믿음을 주옵소서!

_마하트마 간디

고 박사의 인문학 수업

정의는 꼭 불의를 힘으로 응징하는 것만이 아니다. 불의에 저항하고, 부드럽게 강한 것을 제압하고, 해를 입고도 용서하는 마음. 그리고 고통을 가치 있다고 여기는 마음이기도 하다. 인도 민족 해방운동을 이끈 간디(Mohandas K. Gandhi)의 이런 비폭력 저항운동은 국내외적으로 커다란 영향을 미쳤다.

정의

정의에 복종하는 것을
힘으로 강요할 수 없으므로
힘에 복종하는 것을
정의로운 것이 되게 하였다.

_블레이즈 파스칼,《명상록》

고 박사의 인문학 수업

정의는 자발적으로 이루어야 할 덕목이다. 강요나 힘으로 이루어진 것은 정의라 할 수 없다. 그래서 정의 실현은 오래 걸린다. 물리학자이기도 한 파스칼(Blaise Pascal)은 신의 존재는 이성이 아니라 심성을 통해 체험할 수 있다는 독단론을 설파했다. 직관론에 바탕을 둔 그의 사상은 후세 철학자들에게도 많은 영향을 미쳤다.

바르게 써 보자

정의에 복종하는 것을
힘으로 강요할 수 없으므로
힘에 복종하는 것을
정의로운 것이 되게 하였다.

정의

진정한 철학에 의해서만 국가도 개인도 정의에
도달할 수 있다.
진정한 철인이 통치권을 쥐거나 통치자가 신의 은혜로 진정한
철인이 되지 않는 한 인간은 악에서 벗어날 수 없다.

_플라톤

고 박사의 인문학 수업
플라톤(Platon)은 이상적인 국가의 수반은 철학자여야 한다고 했다. 지도자가 철학이나
인문학에 관심을 가져야 한다는 뜻이기도 하다. 플라톤은 소크라테스(Socrates)의 제자
이자 아리스토텔레스(Aristoteles)의 스승이다. 아테네의 명문 집안 자제여서 정치를 할
수 있었지만 소크라테스를 만나 철학자가 되었다. 철학자가 왕이 되어야 한다고 주장하
고 개인보다는 국가를 강조하였다.

생각과 마음이
자라는 시간

1. 정의로운 행동이 옳다는 건 알지만 선뜻 행동에 옮기지 못하는 이유는 무엇일까? 자신을 위험에 빠뜨리면서까지 무모하게 움직이게 하는 정의란 과연 무엇일까?

2. 나에게 정의로운 게 상대에게는 정의가 아닐 수 있다. 그럴 경우 무엇을 고려해야 하나?

3. 교실에는 정의가 살아 있나? 그렇지 못한 이유는 무엇 때문일까?
방관자들은 왜 방관하는 것일까?

9장

꿈과 희망

배가 바다로 나가기 위해서는 큰 용기가 필요하지.

하지만 배는 원래 그러라고 만들어진 것이니

숙명이라 할 수 있어.

배가 바다에 나간 뒤엔

파도를 헤치고 목적지를 향해 나아가야해.

이 목적지는 인간으로 치면 꿈과 희망이지.

무엇이 되고 싶고 어떤 일을 하고 싶다는

이 꿈과 희망이야말로 나라는 배를 이끌어 주는

나침반이고 GPS라 할 수 있어.

오늘부터 나에게도 꿈과 희망을 장착해 보자고!

어려움에 처했을 때

어려움에 처했을 때 어떻게 하면 구제받을 수 있을까.
첫째는 선한 희망을 잃지 않아야 한다.
둘째는 노력을 멈추지 않아야 한다.
항상 선한 희망을 잃지 않고 노력을 계속하는 한
최후에는 반드시 구제된다.
그러한 확신과 믿음이 필요하다.

_요한 볼프강 폰 괴테

고 박사의 인문학 수업
좋은 글은 살면서 어려움을 겪을 때 헤쳐 나갈 힘을 준다. 확신과 믿음을 통해 주위를
변화시켜 상황을 바꿀 수 있기 때문이다. 괴테(Johann Wolfgang von Goethe)의 《젊은
베르테르의 슬픔》을 보면 귀족 사회의 폐쇄성에 상처 입은 베르테르가 이렇게 말한다.
"차라리 나는 호머를 읽겠다." 호머(Homeros)를 읽는다는 건 고전 작품을 통해 위로받
겠다는 거다. 독서야말로 고난과 어려움을 이겨내는 확실한 도구다.

아름다운 꿈

아름다운 꿈을 지녀라. 그리하면 때 묻은 오늘의 현실이 순화되고
정화될 수 있다.
먼 꿈을 바라보며 하루하루 마음에 끼는 때를 씻어 나가는 것이
곧 생활이다.
아니, 그것이 생활을 헤치고 나가는 힘이다. 이것이야말로
나의 싸움이며 기쁨이다.

_라이너 마리아 릴케

고 박사의 인문학 수업
하루하루 작지만 끊임없는 노력이 쌓여 나중에 어마어마한 힘이 된다. 릴케(Rainer
Maria Rilke)는 20세기 최고의 시인 중 한 명이다. 그는 꿈과 동경이 넘치는 섬세한 서
정시를 썼으며 그의 모든 작품은 인간성을 잃어버린 이 시대의 가장 순수한 영혼의 부
르짖음이라 평가받는다.

경험

경험이란 수업료가 비싼 학교지만 어리석은
자들은 그 경험에서 아무것도 배우지 못한다.

_벤저민 프랭클린

고 박사의 인문학 수업

경험의 중요성을 설파한 글이다. 경험을 통해 얻은 산지식이 학교에서 배우는 지식을 통
해 죽은 지식이 되니 흥미가 떨어지는 것은 당연한 것인지도 모르겠다. 경험을 많이 하
는 것만이 가장 생생한 지식이 되고 깨달음이 된다. 경험은 게을리해서는 안 되는 평생
의 학교다.

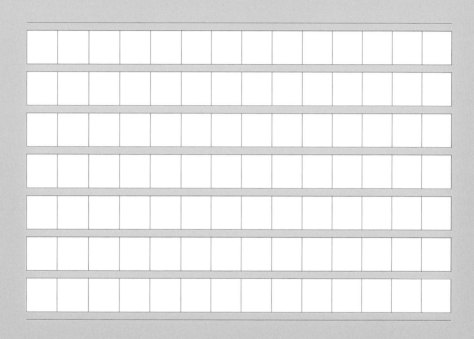

학문과 사람 됨

만일 학문에 뜻을 두면 도덕을 완성하는 것을
목표로 삼고
사람됨을 뜻하려면 성인(聖人)에 도달하는 것을
목표로 삼아야 한다.

— 정이, 《근사록집해》

고 박사의 인문학 수업

우리가 배우는 공부의 끝은 도덕을 깨닫는 것이다. 배움을 게을리하면 안 되는 이유, 공부를 하지 않으면 안 되는 이유를 명쾌하게 밝혀 주는 글이다. 정이(程頤)는 주역을 토대로 성리학과 양명학을 창안한 송대의 철학자다. 호를 따라 이천(伊川) 선생으로 불리기도 했다.

나에게는 꿈이 있습니다

불공정과 압박으로 숨 막히는 황무지 미시시피도 언젠가는 자유와 평등의 오아시스로 바뀌리라는 것이 나의 꿈입니다.
나의 아이들이 피부 빛이 아니라 개성에 의해 평가되는 나라에서 살게 될 거라는 것이 나의 꿈입니다.

나에게는 꿈이 있습니다.

주지사가 무력 진압을 하고 연방법에 거부를 외치는 앨라배마도

언젠가는 흑인 어린이들이 백인 어린이들과 손을 잡고 형제, 자매처럼 함께 사는 곳으로 바뀔 것이라는 꿈이 있습니다.

_마틴 루터 킹

고 박사의 인문학 수업

이 글은 인종을 초월하여 모든 사람이 언젠가는 형제가 될 것이라는 신념과 신앙을 피력한 마틴 루터 킹(Martin Luther King)의 명문이다. 마틴 루터 킹은 흑인 인권 운동을 이끌었던 개신교 목사다. 대규모 평화 행진 같은 흑인들의 비폭력 투쟁을 주도했고 1964년 노벨 평화상을 받았다. 간디의 사상을 이어받아 비폭력 저항 운동을 전개했다.

교육의 출발점

건강한 신체에 깃든 건전한 정신이라는 말은 사람의 행복한 상태를 표현한 것이다. 둘 중 하나가 빠진 사람은 다른 어떤 보배를 갖고 있더라도 보충할 수가 없다. 인간의 행복과 불행은 대개 스스로 만들어 내는 것이다. 정신을 올바르게 이끌지 않는 사람은 결코 바른길로 가지 못한다. 신체가 약해서 기운이 없는 사람 또한 그 길을 굳세게 나가지 못한다.

_존 로크, ,《교육론》

고 박사의 인문학 수업

존 로크(John Locke)는 계몽주의의 선구자다. 자연과학과 도덕적·사회적·정치적 삶의 근본원리에 관심을 가졌다. 근대 철학의 아버지인 데카르트의 철학을 공부하며 합리성과 인간의 오성에 대해 즐겨 토론했다. 건강한 신체와 건전한 정신의 조화를 논한 이 글은 오늘날 청소년들이 입시에 치우쳐 공부만 하는 것이 바람직하지 않다는 것을 반증한다.

젊은이의 공상

젊었을 때는 우리가 자신과 남에게 바라는 선덕을 행할 수 있고, 인간의 사명은 끊임없는 자기완성이며, 심지어 인류의 모든 죄악과 불행을 제거하는 것까지 가능하다고 확신한다. 이러한 젊은이의 공상을 가볍게 여겨서는 안 된다.

_____월 _____일 깨달음 지수 ☆☆☆☆☆

오히려 그런 공상 속에 세속의 때가 묻어 오랫동안 인간 본연의 삶과 거리가 먼 삶을 살아온 노인들이 남에게 아무것도 원하지 않고 아무것도 구하지 말며 그저 있는 그대로 살라고 충고하는 말보다 훨씬 더 많은 진리가 들어 있다. 젊었을 때의 공상이 잘못된 것은 젊은이들이 자기완성과 영혼의 완성을 남에게 강요하는 것과 장차 일어날 일을 지금 당장 눈앞에 보고 싶어 한다는 것뿐이다.

_블레이즈 파스칼,《명상록》

고 박사의 인문학 수업
젊은이들의 열정과 순수함을 귀하게 여겨야 한다. 어른들에게 기죽지 말고 자기의 이상을 높이 펼쳐라. 파스칼은 어려서부터 비상한 재능을 보여 열두 살 때 혼자 힘으로 유클리드 기하학 정리 32까지 생각해냈다고 한다. 인간 완성의 이상을 추구하고 문학자로서의 자질을 연마하는 동시에 수학적 사색에 몰두한 철학자기도 하다.

강이 풀리면

강이 풀리면 배가 오겠지
배가 오면은 님도 탔겠지

님은 안 타도 편지야 탔겠지
오늘도 강가서 기다리다 가노라

님이 오시면 설움도 풀리지
동지섣달 얼었던 강물도

제멋에 녹는데 왜 아니 풀릴까
오늘도 강가서 기다리다 가노라

_김동환

고 박사의 인문학 수업
기다림에 대한 시다. 자기 자신을 갈고닦으려면 무언가 목적을 가지고 기다릴 줄 알아
야 한다. 이 시에서 님은 과연 누구일까. 시에서의 중의적 표현은 다양한 해석을 가능하
게 한다. 님은 국가의 독립일 수도, 사랑하는 여인일 수도 있다. 나에게 님은 무엇일지
생각해 보자.

생각과 마음이
자라는 시간

1. 처음 가진 꿈은 플랜 A라 할 수 있다. 그런데 살면서 플랜 A가 뜻대
로 되는 일은 별로 없다. 플랜 B, 플랜 C로 옮겨가게 마련이다. 왜 이
렇게 꿈이 바뀌는지 생각해 보자.

2. 꿈을 이루는 데 필요한 것들은 엄청나게 많을 것이다. 무엇이 내 꿈
을 이루는 데 도움을 주는지 무엇이 해를 주는지 적어 보자.

3. 흔히 직업을 꿈이라 여기는데 직업을 가진 사람들은 왜 계속해서 열심히 일하는 걸까? 꿈에도 무슨 단계가 있는 건 아닌지 생각해 보고 직업을 가진 사람들이 궁극적으로 이루고자 하는 꿈은 무엇인지 생각해 보자.

신언서판(身言書判)이라는 말이 있다. 백과사전에서는 이렇게 설명한다.

무릇 사람을 가리는 방법에는 네 가지가 있다. 첫째는 신(身)이니 풍채가 건장한 것을 말한다. 둘째는 언(言)이니 언사가 분명하고 바른 것을 말한다. 셋째는 서(書)니 필치가 힘이 있고 아름다운 것을 말한다. 넷째는 판(判)이니 글의 이치가 뛰어난 것을 말한다. 이 네 가지를 다 갖추고 있으면 뽑을 만하다.

凡擇人之法有四 범택인지법유사
一曰身 言體貌豊偉 일왈신 언체모풍위
二曰言 言言辭辯正 이왈언 언언사변정
三曰書 言楷法遒美 삼왈서 언해법주미
四曰判 言文理優長 사왈판 언문리우장
四事皆可取 사사개가취

《신당서(新唐書)》, 〈선거지(選擧志)〉

장애를 가진 나는 이 글을 접하고 상당한 충격을 받았다. 내가 아무리 똑똑하고 아무리 큰 야망을 품었다 해도 사람들은 우선 나를 휠체어 탄 사람으로 판단할 것이기 때문이다. 외모로 사람을 판단하고 선입견을 품는 것이 세상의 이치라지만 나는 실망하지 않을 수 없었다.

하지만 내가 누구인가. 포기를 모르고 끝까지 도전하는 사람이 아니던가. 신(身) 뒤에 오는 세 가지는 누구에게도 뒤지지 않으려 노력해 왔다. 이 책은 바로 그 나머지 언서판(言書判)에 도움을 주기 위한 것이다. 말을 할 때 동서고금의 명언을 자유자재로 구사하고 글로 쓸 때 그 내용을 인용하고 멋진 필체로 쓸 수 있다면, 그 모든 것이 공부가 되어 판단력을 길러 줄 수 있다면 얼마나 좋을까!

물론 아직도 부족하지만 나는 언서판을 향상시키기 위해 최선을 다해 노력해 왔다. 그러던 어느 날부턴가 나는 이상한 것을 느꼈다. 사람들이 언서판을 강화한 나를 보고 이렇게 말하기 시작했기 때문이다.

"선생님이 장애인이라는 걸 모르겠어요."
"장애인이라는 걸 잊어버렸어요."
"휠체어 타신 게 오히려 더 감동적이에요."

어느새 나는 신언서판을 다 이룬 셈이다. 비로소 나는 깨달았다. 신언서판은 각각 별개가 아니고 하나라는 사실을. 그리고 노력으로 누구나 이룰 수 있다는 것을. 좋은 글귀를 읽고 쓰고 익히며 나 자신을 가꾸는 일은 누구나 할 수 있다. 오늘부터라도 당장 도전하기를 바란다.

고정욱

표현과 전달하기 02

고정욱의 인문학 필사 수업

초판 1쇄 발행 2016년 10월 25일
개정판 1쇄 발행 2020년 8월 25일
개정판 4쇄 발행 2024년 4월 15일

엮은이 고정욱
일러스트 신예희
펴낸이 이범상
펴낸곳 (주)비전비엔피·애플북스

기획 편집 차재호 김승희 김혜경 한윤지 박성아 신은정
디자인 김혜림 최원영 이민선
마케팅 이성호 이병준 문세희
전자책 김성화 김희정 안상희 김낙기
관리 이다정

주소 우) 04034 서울특별시 마포구 잔다리로7길 12 (서교동)
전화 02) 338-2411 | **팩스** 02) 338-2413
홈페이지 www.visionbp.co.kr
인스타그램 www.instagram.com/visionbnp
포스트 post.naver.com/visioncorea
이메일 visioncorea@naver.com
원고투고 editor@visionbp.co.kr

등록번호 제313-2007-000012호

ISBN 979-11-90147-29-3 13800

좋은 글귀를 읽고 쓰고 익히며
나 자신을 가꾸는 일은 중요하다.
오늘부터 당장 도전하기 바란다.

-고정욱-